Entspannt reiten mit Ostwind

Entspannt reiten mit OSTWIND

Geschrieben von
Almut Schmidt

cbj

Inhalt

Vorwort

Entspannt reiten – träumst du auch davon? Mika und Ostwind machen vor, wie es geht. Oft reitet Mika nur mit einem Halsring, sogar eine ganze Dressurprüfung absolvieren sie ohne Trense und Sattel. Ostwind reagiert auf fast unsichtbare Hilfen: magisch.

Bis dahin ist es im wahren Leben ein langer Weg. Aber du kannst schon heute mit den ersten Schritten anfangen, die wir dir in diesem Buch zeigen!

Zum entspannten Reiten gehört zunächst gegenseitiges Vertrauen. Eine gute Beziehung zwischen dir und deinem Pferd ist wichtig. Verbringe also wie Mika viel Zeit mit ihm.

Damit ihr entspannt unterwegs sein könnt, muss auch die Ausrüstung passen: Das Pferd darf nicht eingezwängt werden von einem drückenden Gebiss oder Sattel oder einem schlechten Hufbeschlag.

Und schließlich: Reiten ist dann entspannt, wenn du wie Mika aufrecht und locker auf dem Pferderücken sitzt und feine Hilfen geben kannst. Das Zauberwort ist „Balance“. Wenn du weißt, wie du ohne Anstrengung in die richtige Balance findest, wird das Reiten für dich und dein Pferd viel leichter. Dann musst du auch gar nicht viel machen, damit dein Pferd dich versteht – es spürt jede kleine Gewichtsverlagerung von dir.

Balance und Leichtigkeit fallen aber nicht vom Himmel. Sogar Mika bereitet sich einige Wochen vor, bevor sie sich das erste Mal auf Ostwinds Rücken setzt. Herr Kaan verordnet Balance-, Atem- und Koordinationsübungen. Solche Übungen helfen auch dir, deinen Körper besser kennenzulernen und zu steuern. Dazu kommen Dehn- und Kräftigungsübungen, die dich geschmeidig machen.

Am Anfang wirst du viel an der Longe oder geführt reiten, damit du dich ungestört in die Pferdebewegungen einfühlen kannst. Das ist das Fundament. Wusstest du, dass die Schüler der berühmten Hofreitschule in Wien sogar ein ganzes Jahr lang nur an der Longe reiten, um den Sitz zu schulen? Und das tun sie nicht, damit sie später für ihre elegante Haltung bewundert werden, sondern damit das Pferd sich möglichst frei und ungestört unter ihnen bewegen kann.

Der Vierbeiner hat nämlich den anstrengenderen Part. Die Natur hat kein Gewicht auf seinem Rücken vorgesehen, das Pferd muss erst mit vorsichtigem Training daran gewöhnt werden. Da ist es nur fair – wenn nicht Voraussetzung –, dass du lernst, deinen Körper geschickt und gefühlvoll einzusetzen.

Und nicht vergessen: Sicherheit ist oberstes Gebot! Wenn du wenig Erfahrung hast, sollte IMMER ein Erwachsener dabei sein; egal ob du das Pferd putzt, mit ihm spazieren gehst oder reitest. Im Sattel ist ein Reithelm Pflicht – auch wenn Mika im Film oft ohne reitet.

Vorbereitung ist alles

Mika braucht einige Wochen Geduld, bevor sie sich das erste Mal auf Ostwind setzen darf.

Reiten lernen ist gar nicht so einfach, wie es aussieht. Außer vielleicht, du bist so ein Naturtalent wie Mika.

Wenn du gerade mit dem Reiten anfängst, findest du es wahrscheinlich eher anstrengend und schwierig und alles anderes als entspannt. Du musst auf viele Sachen gleichzeitig achten, und wenn die Beine gerade mal richtig liegen, ziehst du vielleicht die Schultern hoch oder hältst den Kopf schief.

Reiten ist ungewohnt für uns Menschen, da wir im Sattel eine Position zwischen Sitzen und Stehen einnehmen und es dazu noch ordentlich wackelt. Daher ist es eine gute Idee, wenn du deinen Körper schon vor dem ersten Aufsteigen mit speziellen Übungen dehnst und stärkst. Und nicht nur das: Der weise Pferdemensch Herr Kaan lässt Mika wochenlang „Trockenübungen“ machen, bevor sie sich das erste Mal auf Ostwind setzen darf. Er möchte, dass sie ihr Gleichgewicht, ihre Koordination und ihr Rhythmusgefühl schult – das sind nämlich wichtige Fähigkeiten für einen guten Reiter.

Davon hast du in deiner Reitschule noch nie was gehört? Tja, einige Reitlehrer kennen sich hier tatsächlich nicht so gut aus. Sie denken, es reiche, das Pferd aufzuwärmen und zu trainieren – den Reiter vergessen sie. Dabei brauchst du im Sattel durchaus eine gewisse Sportlichkeit und Geschicklichkeit.

In anderen Sportarten ist es ganz normal, sich vorher aufzuwärmen und seine Fähigkeiten mit speziellem Training zu verbessern. Reiter tun das selten. Nur manche Profis machen Ausgleichssport, zum Beispiel Yoga, Schwimmen oder Jogging, damit die Muskeln fürs Reiten kräftig und geschmeidig bleiben.

Wir zeigen dir im Folgenden einige Übungen, die dir helfen werden, einen guten Sitz im Sattel zu finden und den Pferdebewegungen locker zu folgen. Ihr Vorteil: Du kannst sie jederzeit machen, vor dem Aufsteigen und zwischendurch. Sie sind nützlich für Anfänger und Fortgeschrittene, kosten nichts und machen – vor allem zusammen mit Freundinnen – auch noch Spaß!

Tipp: Natürlich musst du vor deiner ersten Reitstunde nicht alle Übungen „durcharbeiten“. Dehnübungen, Atemübungen, Entspannung – mache das immer mal zwischendurch, dann lernst du diese Dinge ganz spielerisch.

Im Gleichgewicht

Auf dem Pferderücken brauchst du ein gutes Gleichgewichtsgefühl, denn er schwingt in alle Richtungen. Diese Bewegungen vom Pferd musst du mit deinem Körper „auffangen“ und dich dabei ständig neu ausbalancieren. Im Schritt ist die Bewegung noch gering, im Trab wird es dir vorkommen, als würdest du auf einem wild wackelnden Stuhl sitzen, und im Galopp bewegt sich dein Körper auf und ab wie auf einer Buckelpiste beim Skifahren.

Um dein Gleichgewicht zu trainieren, helfen z. B. diese Übungen:

- Balancieren: Möglichkeiten zum Balancieren gibt es überall – ein umgefallener Baumstamm, der Bordsteinrand. Eine Wippe auf dem Spielplatz – breite die Arme aus und versuche sie ohne Wackeln entlangzulaufen. Kannst du es auch rückwärts? Für Profis ist die Slack Line: ein elastisches Band, das man straff zwischen zwei Bäume spannt.

Im Sommer ist die Pferdeweide der perfekte Ort zum Üben.

Hier ist das Balancieren noch viel schwieriger, da das Band bei jedem Schritt schwingt.

- Im Yoga gibt es die Übung „Baum“: Du stehst gerade, die Füße sind nebeneinander. Jetzt hebst du ein Knie an und drehst das angewinkelte Bein auswärts. Die Fußsohle drückst du gegen den angespannten anderen Oberschenkel. Dann hebst du die Arme und legst die Handflächen über dem Kopf zusammen. Fixiere einen Punkt, dann kannst du besser das Gleichgewicht halten. Diese Übung schult die Balance und kräftigt den ganzen Körper.
- Der Flamingo: Versuche, 30 Sekunden lang auf unterschiedlichen Untergründen auf einem Bein zu balancieren, z.B. auf der Wiese, im Sandkasten, auf einer Matte. Schwieriger: Schließe dabei die Augen. Noch schwieriger wird es, wenn du dir dabei mit Eltern oder Freunden einen Ball zuwirfst (natürlich machst du dazu die Augen wieder auf!). Dann trainierst du gleichzeitig deine Koordination.
- Eine Übung von Herr Kaan: Er lässt Mika auf einem Bein auf einem Floß im Wasser balancieren. Hast du also zufällig einen See in der Nähe und ein Surfbrett oder Ähnliches, nur zu.
- Du kannst auch selbst etwas balancieren, z.B. ein Sandsäckchen auf dem Kopf, Tennisbälle auf den Handrücken etc.
- Drehen, Kugeln: Wenn du auf einem weichen Untergrund (Matte, Wiese) eine Rolle vorwärts oder rückwärts machst oder dich im Stehen um die eigene Achse drehst, muss sich dein Körper immer wieder neu

im Raum ausrichten und orientieren – eine super Gleichgewichtsübung.

- Übe, perfekt im Gleichgewicht zu stehen. Beine hüftbreit nebeneinander. Sie sind nicht stocksteif durchgestreckt, du darfst leicht in den Knien nachgeben. Dein Becken fällt nicht nach vorn ins Hohlkreuz, sondern ist gerade. Deine Schultern sind locker, die Arme hängen herab. Der Kopf „schwebt" auf der Wirbelsäule, dein Kiefer ist locker. Fühle: Belastet du beide Beine gleichmäßig? Schwanke leicht von einem auf das anderen, um die perfekte Mitte zu finden. Neige dich leicht vor und zurück, bis du genau in der Senkrechten bist. Das ist eine prima Vorübung für das Gleichgewicht im Sattel.

Übrigens: Dein Gleichgewicht wird besser sein, wenn auch deine Seele in Balance ist. Unter Stress oder mit schlechter Laune wirst du nicht so leicht in eine gute Balance finden.

Locker und kräftig

Beim Reiten musst du locker sein, aber nicht schlapp. Um aufrecht und geschmeidig in der Pferdebewegung mitzuschwingen, brauchst du vor allem eine gute Rumpfmuskulatur (Rumpf = der Bereich zwischen Hals und Po) und bewegliche Hüften, auch die Schultern

Im Fellsattel am Strand galoppieren: Dafür brauchst du Balance und Beweglichkeit.

sollten locker sein. Wahrscheinlich hast du keine größeren Verspannungen, anders als viele Erwachsene. Beobachte trotzdem mal deine Alltagsbewegungen: Trägst du die Schultasche immer auf derselben Schulter? Belastest du im Stehen oft nur ein Bein? Stützt du dich beim Schreiben immer mit demselben Arm auf den Tisch? Versuche, deinen Körper gleichmäßig zu belasten. Dann kannst du besser gerade auf dem Pferd sitzen.

Manchmal spannt man sich in bestimmten Situationen unwillkürlich an. Achte mal darauf, wann du z. B. die Schultern hochziehst oder den Bauch anspannst. Um solche „Reflexe“ wieder in dein Bewusstsein zu rücken, verstärke sie zunächst, ziehe also z. B. die Schultern extra hoch und lasse sie wieder fallen. Wiederhole das ein paar Mal.

Die folgenden Übungen dehnen und kräftigen deine Muskeln – allerdings nur, wenn du regelmäßig übst. Ideal wären jeden Tag zehn Minuten mit deinen Lieblingsübungen.

Wichtig: Lasse deinen Atem bei den Übungen ganz normal fließen, halte nicht die Luft an. Auch dein Gesicht bleibt weich, der Kiefer locker. Dehne dich nur so weit, bis du Spannung spürst. Es soll nicht wehtun. Atme in diese Spannung hinein und halte sie ungefähr 20 Sekunden.

Rücken lockern und kräftigen

- Ziehe auf dem Rücken liegend die Beine an, umfasse sie mit den Armen und kugele mehrmals von rechts nach links; der Kopf dreht sich mit.
- Gehe in den Vierfüßlerstand. Mache abwechselnd einen Katzenbuckel und lasse den Rücken ins Hohlkreuz sinken. Der Kopf folgt und senkt bzw. hebt sich. Beginne die Bewegung immer von deinem Be-

Rücken mobilisieren im Vierfüßler. Strecke die Arme ruhig noch etwas mehr durch.

cken aus, rolle es nach hinten und nach vorn. Das lockert den unteren Rücken.

- Lege dich wieder auf den Rücken, strecke die Arme zur Seite aus. Stelle die Knie auf und lasse dann beide gleichzeitig zu einer Seite sinken, der Kopf dreht sich dabei in die entgegengesetzte Richtung. Die Schultern heben nicht vom Boden ab.
- Bleib auf dem Rücken liegen, mit aufgestellten Beinen. Versuche, dein Becken wie die Zeiger einer Uhr auf dem Ziffernblatt zu bewegen. Kippe dein Becken von sechs auf zwölf Uhr, eine sachte Bewegung hin und her. Dann von drei auf sechs Uhr. Schaffst du einen ganzen Kreis? Die Bewegung ist klein, man sieht von außen gar nicht viel. Kontrollierte Beckenbewegungen sind sehr wichtig fürs Reiten.

Körperrückseite dehnen

- Stelle dich aufrecht hin, Füße hüftbreit nebeneinander. Beuge den Oberkörper nach vorn unten, so weit es geht, und umfasse deine Waden mit den Händen. Der Kopf hängt locker. Eine Minute lang halten.
- Das Gleiche kannst du im Sitzen machen: mit ausgestreckten Beinen den Oberkörper vorbeugen, so weit es geht. Die Hände ruhen auf den Schienbeinen, ziehe dich nicht mit Kraft nach vorn.

Schultern lockern

- Lege dich auf den Rücken. Strecke einen Arm nach oben, stelle das Bein gegenüber auf. Mache mit dem Arm kleine Kreise, die langsam größer werden, in beide Richtungen. Dann Arm und Bein wechseln.

Es macht nichts, wenn du noch nicht so weit runterkommst.

Drehe den Kopf mit, wenn du das Armdreieck nach links und rechts bewegst.

Mache den Oberkörper möglichst gerade und drücke deine Oberarme gegen deine Oberschenkel.

- Bleibe auf dem Rücken liegen, strecke die Arme nach oben und lege die Handflächen aufeinander. Bewege das Armdreieck nach rechts und links, so weit es geht und du dich nicht anstrengen musst. Die Schulter hebt sich dabei jeweils vom Boden ab.

Gleichgewicht und Dehnung

- Beine schulterbreit aufstellen, Zehenspitzen zeigen nach außen. Gehe in die gespreizte Hocke, drücke deine Oberarme gegen die Beine, lege die Handflächen aneinander. Versuche, so eine Weile hocken zu bleiben. Schwierig!

Hüfte dehnen und mobilisieren

- Lege im Sitzen die angewinkelten Beine übereinander. Die Knie zeigen nach vorn, die Zehenspitzen nach außen. Lehne dich mit schräg vorgestreckten Armen nach vorn. Anfangs ist das schwierig, gehe nur so weit vor, wie es nicht wehtut. Wechsle dann die Beine: Das Bein, das vorher oben war, ist jetzt unten.

Die Knie dürften noch mehr übereinander liegen.

Versuche, das hintere Knie so weit wie möglich zurückzunehmen.

- Mache einen weiten Streckschritt: Das vordere Bein bildet ungefähr einen 90-Grad-Winkel, das hintere wird ab dem Knie auf den Boden gelegt. Stütze beide Hände neben das abgewinkelte vordere Bein. Dann das Bein wechseln.

Alles gleichzeitig

Beim Reiten bist du klar im Vorteil, wenn du mit einzelnen Körperteilen unterschiedliche Sachen machen kannst – das nennt man Koordination. In einer Linkskurve musst du z. B. deine linke Wade kurz anspannen, die Schulter drehen und mit der rechten Hand leichten Zügelkontakt halten. Dabei bleibt der restliche Körper locker. Das ist anfangs schwierig. Trainiere deshalb die Koordination mit diesen Extra-Übungen.

- Reibe mit einer Hand den Bauch, mit der anderen klopfst du auf den Kopf. Kannst du gleichzeitig noch ein Bein heben und in die andere Richtung kreisen als die Hand auf dem Bauch?
- Jongliere mit zwei, drei oder mehr Bällen; Anleitungen dazu findest du im Internet.
- Die ultimative Koordinationsübung: Hebe im Stehen einen Arm und beschreibe eine

Schaffst du es, Arme und Beine unterschiedlich zu bewegen?

Acht in der Luft. Hebe gleichzeitig das gegenüberliegende Bein und beschreibe damit einen Kreis. Teuflisch schwer!

Rhythmus im Blut

Ein gutes Rhythmusgefühl ist beim Reiten grundlegend. Das Pferd bewegt sich in einem bestimmten Takt, dem du dich anpasst. Manchmal haben Pferd und Reiter einen unterschiedlichen Takt im Kopf, oft der Reiter einen schnelleren als der Vierbeiner. Versuche, deinen eigenen Takt zurückzustellen und dich dem Rhythmus des Pferds anzuschließen. Nur so kann es wirklich locker werden.

Wie du taktsicher wirst? Am einfachsten beim Tanzen, denn hier ist dein ganzer Körper beteiligt. So wie Herr Kaan es auch Mika zeigt. Mache Musik in deinem Zimmer an und tanze dazu, am besten mit einer Freundin. Denke nicht nach, überlasse deinen Körper einfach dem Rhythmus. Oder besuche einen Jazztanz-Kurs oder gehe ins Ballett. Klatsche, schnipse, stampfe zu Musik, das macht Laune. Auch beim Musikmachen schulst du natürlich dein Rhythmusgefühl, ob du trommelst oder Flöte spielst, ist egal. Spätestens wenn du mit anderen zusammen musizierst, musst du dich an den Takt halten.

Yeah! Mit Tanzen wirst du taktsicher.

Eigentlich ist Ostwind ein Pferd mit viel Energie.

Atmen und Energie

Du kennst sicher Ari aus dem fünften Ostwind-Band. Sie hat die Energie einer Kriegerin, wild und kraftvoll. Anfangs rennt so manches Pferd vor ihr davon, denn sie hat nicht gelernt, ihre Energie zu lenken, sie sprudelt einfach aus ihr raus. Davon fühlen sich die Pferde überfallen. Doch Energie, so zeigt sich später, ist nichts Schlechtes, gerade Ostwind braucht mehr Energie, und die bekommt er von Ari.

Welches Maß an Energie ist richtig für dein Pferd? Versuche es herauszufinden. Ist es sensibel und feinfühlig? Dann ist es besonders wichtig, dass deine Gesten ruhig und sparsam sind. Wirkt es faul und dickfellig? Dann KANN mehr Energie und Aufmunterung von dir helfen: Unterstütze es z. B. bei der Bodenarbeit oder dem Longieren, indem du selbst dich deutlich aufrichtest, große Schritte machst, die Gerte aufmunternd schwingst, mit der Stimme aufforderst. Hinter einem solchen Verhalten kann aber auch Unsicherheit des Pferdes stecken. Oder es ist körperlich blockiert und unfähig zu mehr Aktion. Dann wird es sich durch zu viel Aufmunterung überfordert fühlen.

Beobachte dein Pferd genau (vor allem seine Augen, Ohren, Maulpartie), um herauszufinden, wie es ihm geht. Oder frage Pferdeleute um Rat, denen du vertraust.

Lege die Hand ruhig noch etwas tiefer, unterhalb von deinem Bauchnabel. Dort ist dein Körperzentrum.

Und wie kannst du deine Energie aufbauen und lenken? Das geht am besten über deinen Atem. Und falls du nun denkst: Atemübungen, wie langweilig, was haben die mit Reiten zu tun? Die Antwort lautet: sehr viel!

Nur wenn du selbst gleichmäßig, entspannt und mit weichem Bauch atmest, wird sich auch dein Pferd entspannen. Mit ruhigem Atmen kann man aufgeregte Pferde beruhigen und sie sogar an einem Furcht einflößenden Ding vorbeilotsen.

Dein Atem beeinflusst auch deine Bewegungen. Nur wenn du fließend atmest, kannst du dich im Sattel geschmeidig bewegen. Bei schwierigen Lektionen hält man oft unbewusst die Luft an und verkrampft dadurch. Das Gegenrezept: lächeln und atmen.

Ein tiefer Atem, der durch deinen ganzen Körper geht, stützt dich außerdem und richtet dich auf – wichtig für einen stabilen Sitz.

Genug Gründe also, sich das Atmen genauer anzuschauen.

Fühle erst einmal, wie du atmest. Lege dich dazu entspannt auf den Rücken, eine Hand auf den Bauch. Atme ganz normal. Du fühlst, wie der Bauch unter deiner Hand sich leicht hebt und senkt. Das kannst du etwas verstärken, indem du tiefer ein- und ausatmest. Die Luft sollte weich in deinen unteren Bauch strömen und ihn sanft anheben. Merke dir das Gefühl, das wirst du beim Reiten noch öfter brauchen.

Stelle dir dann vor, dass du etwas gut Riechendes einatmest, das deinen ganzen Körper ausfüllt. So ziehst du den Atem weiter nach oben, in den Brustkorb. Bauch und Brustkorb heben sich nun mehr. Das Ausatmen kannst du unterstützen, indem du den Bauchnabel dabei leicht nach unten, Richtung Boden, ziehst. Atme so einige Male tief ein und aus.

Tipp 1: Achte vor allem auf das Ausatmen. Das Einatmen passiert von allein. So fließt dein Atem besser.

Tipp 2: Dein Bauch sollte sich immer ungehindert bewegen können. Weg mit einengenden Hosen. Und vergiss Sprüche wie „Bauch rein“: Beim richtigen Atmen soll und muss er raus.

Übe das Gleiche im Stehen oder Sitzen. Merkst du, wie sich dein Oberkörper dabei aufrichtet und stabiler wird?

Drei kleine Atemübungen, die du im Liegen, aber auch überall sonst machen kannst:

- Um ruhiger zu werden, versuche doppelt so lange aus- wie einzuatmen, beim Ausatmen sagst du dir „Gaaanz ruhig“. Dabei nicht anstrengen oder krampfhaft atmen, alles fließt.
- Gähnen entspannt: Öffne weit den Mund, mit weichen Lippen. Atme tief ein, dann entsteht von selbst ein Gähnen, das du ungeniert rauslässt.
- Eine andere Möglichkeit: Spanne beim Einatmen alle Muskeln an, halte kurz die Luft an und lasse beim Ausatmen wieder alles los. Ein paarmal wiederholen, dann normal weiteratmen, die Entspannung genießen und an etwas Schönes denken, z. B. an dein Pferd.

Energie tanken

Stelle dich aufrecht hin, Beine hüftbreit auseinander. Lege die Hände vor der Brust zusammen. Mit dem Einatmen schiebst du die Hände nach oben und stellst dir vor, deine Energie mit nach oben zu ziehen. Am höchs-

Wenn du die Beine hüftbreit auseinanderstellst, stehst du sicherer.

ten Punkt öffnest du die Hände, drehst die Handflächen Richtung Boden und schiebst die Energie sanft nach unten. Dann schließt du die Hände wieder vor der Brust, ziehst nach oben usw. Einige Male wiederholen, dann bist du fit für den Tag.

Weicher Blick

Auch dein Blick hat etwas mit Energie zu tun. Wir Menschen sind es gewohnt, Dinge konzentriert anzustarren, aber für das Pferd ist es unangenehm, wenn wir es etwa bei der Bodenarbeit oder dem Longieren mit Blicken fixieren. Das erinnert es an Raubtiere und deren „Angriffsblick". Nicht umsonst genügt manchmal schon ein direkter Blick auf die Vor- oder Hinterhand des Pferdes, um es weichen zu lassen.

Ein starrer Blick ist aber auch beim Reiten hinderlich. Du verkrampfst leicht, wenn du immer nur auf einen Punkt starrst, z. B. die Pferdeohren.

Übe deshalb, deinen Blick zu öffnen, ihn weich werden zu lassen. Was kannst du alles um dich herum sehen, ohne den Kopf zu wenden? Nimm möglichst viel von der Umgebung auf, ohne einzelne Details zu fixieren. Das Pferd oder die Pferdeohren siehst du dann immer noch, aber eher nebenbei, du lässt deinen Blick weich darüber gleiten – ruhig mit einem Lächeln. So bleiben auch die restlichen Muskeln in deinem Körper locker.

Pferde mögen es, wenn du mit weichem Blick die Umgebung betrachtest.

Ruhe und Pausen

Wahrscheinlich denkst du jetzt wieder: Wieso Ruhe, wieso Pausen, wir haben doch noch gar nicht angefangen! Stimmt, aber wenn du weißt, wie wichtig Pausen sind, wirst du entspannter mit deinem Pferd umgehen können. Ruhe und Pausen haben ebenfalls mit Energie zu tun – mit Energiesparen. Pferde sind die geborenen Energiesparer. Das müssen sie sein, weil das Leben in freier Natur ziemlich anstrengend ist und sie immer noch Reserven brauchen, um z. B. vor einem Wolf zu flüchten. Deshalb regen sie sich meistens nur kurz

In der Herde beruhigen Pferde sich schnell wieder.

auf und sind gleich danach wieder ganz ruhig. Und genau das sollten wir auch üben – wie auf Knopfdruck in einen ruhigen Zustand finden, um dem Pferd zu zeigen: alles gut, keine Sorge.

Nun ist das mit der „Ruhe auf Knopfdruck" so eine Sache. Den meisten Menschen fällt das zunächst schwer. Wenn wir uns anstrengen, ärgern oder erschrecken, bleiben wir noch lange danach angespannt. Das überträgt sich auf das Pferd. Der Energiepegel von Ari ist sogar immer sehr hoch. Erst mit der Zeit lernt sie, ihn herunterzufahren.

Auf Befehl entspannen funktioniert also nicht. Man kann sich nicht zur Ruhe zwingen. Aber man kann sie üben.

Mika fühlt sich auf der Pferdeweide ruhig und geborgen.

Nimm dir dafür Zeit. Setze oder lege dich gemütlich hin und stell dir etwas Schönes vor, deinen Lieblingsort, ein schönes Lied. Wie fühlst du dich dabei? Wahrscheinlich entspannt, ohne bestimmte Absichten. Versuche, dir dieses Gefühl zu merken.

Wenn du nun mit deinem Pferd zusammen bist – egal ob beim Putzen, bei der Bodenarbeit, einem Spaziergang oder beim Reiten – und es versteht etwas nicht oder wird nervös, mache eine kurze Pause und versuche, in diesen Zustand der Ruhe zu finden. Du kannst dabei den Kopf und die Schultern sinken lassen, dich bequem hinstellen (bzw. im Sattel: setzen), einmal tief ausatmen, warten. Du hast keinen Zeitdruck und musst nichts schaffen. Meist entspannt sich dann auch das Pferd und lässt den Kopf sinken. Manche kauen auch oder atmen ebenfalls tief oder schnauben.

Danach kann es weitergehen. Versuche, deinem Pferd die Aufgabe anders zu erklären oder den Weg zu ändern oder sonst was anders zu machen, damit ihr beide Erfolg habt. Und nicht verzagen, wenn es mit der Ruhe nicht auf Anhieb klappt. Mit mehr Erfahrung wirst du automatisch gelassener.

INTERVIEW MIT HANNA BINKE (Darstellerin von Mika): So habe ich reiten gelernt

1. Kannst du dich an ein pferdiges Erlebnis aus deiner Kindheit erinnern?

Als Stadtkind hatte ich keinerlei Berührungspunkte mit Pferden und war auch nie reiten. Doch als ich ungefähr sechs Jahre alt war, waren wir in den Sommerferien mit der Familie auf dem Land. Dort gab es eine Koppel mit Pferden. Ich wollte unbedingt eins der Tiere streicheln, habe mich aber nicht getraut. Meine Tante versuchte mir Mut zu machen, nahm meine Hand und führte sie zum Pferd. Der Vierbeiner hat aber offenbar gemerkt, dass irgendwas nicht stimmte und biss mich so arg in den Oberschenkel, dass ich dort einen riesigen blauen Fleck bekam. Danach hatte ich erst mal Respekt vor Pferden.

2. Du hast in einem zweimonatigen „Crashkurs“ reiten gelernt. Hast du dich nach dieser Vorgeschichte anfangs gefürchtet?

Gefürchtet nicht, aber Respekt hatte ich immer noch. Doch ich finde Achtung und Respekt vor dem Tier auch wichtig. Nur so kann die Beziehung zwischen Mensch und Pferd funktionieren. Ich erwarte jedenfalls nicht, dass das Pferd mir blind gehorcht, nur weil ich ab und zu auf ihm sitze.

3. Wie hieß dein Schulpferd? Erinnerst du dich an eine lustige oder aufregende Situation mit ihm?

Mein Schulpferd hieß Asmar – ein schönes und tolles Pferd. Ich kann mich noch gut an die Stunden mit ihm erinnern. Zuerst musste ich lernen, die Pferde zu verstehen. Erst dann durfte ich mich draufsetzen. Einmal bin ich von Asmar runtergefallen, weil ich mich mit den Beinen angeklammert habe. Darauf hat er sehr sensibel reagiert und gebuckelt. Zum Glück ist nichts passiert, da ich eine AirWeste (aufblasbare Sicherheitsweste) anhatte.

4. Was fandest du schwierig am Reiten lernen?

Das Schwierigste für mich war, locker zu bleiben und mich nicht zu verkrampfen, gerade wenn es schneller wurde. Ich musste erst mal Vertrauen gewinnen. Doch mittlerweile funktioniert das ganz gut.

5. Was hat deine Reitlehrerin besonders oft gesagt oder was ist bei dir hängen geblieben?

Nicht mit den Füßen bzw. Beinen klammern! Das war tatsächlich meine größte Schwierigkeit.

6. Bist du wie Mika gleich ohne Sattel geritten oder hast du mit einem normalen Sattel gelernt?

Ich habe auf einem Fellsattel reiten gelernt – genau wie Mika. Ich mag es auch eindeutig lieber. Wenn ich mal mit einem „richtigen" Sattel reite, bin ich damit total überfordert.

7. Ist bei den Dreharbeiten mal was passiert?

Ja, einmal bin ich während einer Aufnahme für eine Szene runtergefallen. Ich wollte anreiten, und das Pferd ist losgerannt, weil es sich vor einem lauten Geräusch erschreckt hat. Es ist aber zum Glück nichts passiert.

8. Ostwind wurde von zwei Pferden dargestellt, Attila und James. Mit welchem bist du besser zurechtgekommen?

Ich bin mit beiden gut klargekommen. Allerdings hatte ich viel mehr Szenen mit James als mit Attila. James und ich sind mittlerweile ein super eingespieltes Team, ich liebe ihn einfach. Er ist sehr sensibel, zuverlässig, ein ganz tolles Pferd. Manchmal hatte ich das Gefühl, er weiß genau, worauf es ankommt und spielt richtig mit.

9. Das Zusammensein mit Pferden hat für mich …

… etwas Heilendes. Ich verstehe mich mit ihnen ohne Worte. Außerdem kann man von ihnen viel lernen, über Beziehungen generell und über sich selbst.

10. Hast du eine Lieblings-Pferderasse?

Nein. Die Rasse ist mir eigentlich egal, ich will mich nur mit dem Pferd verstehen.

11. Reitest du auch privat?

Leider nicht. Ab und zu bin ich noch mal zu meinem Lernpferd Asmar gefahren. Aber im Alltag und mit der Arbeit fehlt mir einfach die Zeit, um aufs Land rauszufahren.

12. Würdest du dir irgendwann mal ein eigenes Pferd kaufen?

Wenn ich irgendwann die Zeit und das Geld hätte und mir mit jemandem die Arbeit teilen könnte, dann wäre das ein großer Traum!

Hallo, Pferd!

Mika begrüßt Ostwind, indem sie ihm die Hand hinhält.

Kontaktaufnahme

Gerade fürs Reiten brauchst du einen guten Kontakt zu deinem Pferd. Schließlich sitzt du außerhalb seines Blickfelds auf seinem Rücken, wie es vielleicht auch ein Raubtier machen würde. Es ist daher wichtig, das Vertrauen des Pferdes zu gewinnen.

Wie näherst du dich also am besten dem Vierbeiner, damit er dich als vertrauenswürdig einstuft? In dem Buch „Sprachkurs Pferd" (Kosmos) von Sharon Wilsie finden wir eine schöne Erklärung, wie man auf Pferdisch „Hallo" sagen kann.

Vorab sollten wir uns zwei Dinge bewusst machen:

- Tiere haben, genauso wie wir Menschen, einen persönlichen Raum, der sie wie eine große Blase umgibt. In diese sollten wir nicht ungefragt eindringen. Das magst du nicht, das mag auch das Pferd nicht. Mit einer höfliche „Anmeldung“ (Begrüßung) zeigst du gute (Pferde-)Manieren.

- Für ein Pferd ist Platz um sich herum wichtiger als Körperkontakt. Das liegt daran, dass in der Herde immer alle so „sortiert“ sein müssen, dass sie jederzeit gemeinsam flüchten können, ohne einander umzurennen.

Pferde untereinander knuddeln also eher nicht, sondern halten immer etwas Abstand. Menschen dagegen lieben engen Körperkontakt. Natürlich darfst du dein Pferd auch weiterhin streicheln, aber es fühlt sich für beide Seiten besser an, wenn du zuerst fragst, ob es in Ordnung ist. Und dann eine Stelle wählst, die es wirklich mag. Gerne gekratzt werden Pferde z.B. am Widerrist, das ist der Punkt für die Fellpflege untereinander. Oder auch am Hals, unter der Mähne … Probiere aus.

Für die Begrüßung des Pferdes gibt es eine Kurz- und eine Langversion. Nimm dir zumindest die ersten Male Zeit für die ausführliche Begrüßung. Im Alltag solltest du immer wenigstens in der Kurzversion Hallo sagen.

Kurze Begrüßung

Gehe langsam auf das Pferd zu, bleibe in einigem Abstand vor ihm stehen und halte ihm mit lockerem Arm deinen Handrücken hin. Schau, wie das Pferd reagiert: Sieht es dich nicht an oder geht sogar weg? Dann möchte es gerade keinen Kontakt. Stell dich abwartend in deine Ruheposition und mache erst mal nichts. Dann versuche es wieder. Bleibt

Das Pferd kaut noch, aber seine Aufmerksamkeit ist auf das Mädchen gerichtet.

das Pferd stehen und sieht dich freundlich an, senkt vielleicht etwas den Kopf und klappt die Ohren leicht zur Seite? Das heißt „Willkommen". Manche Pferde drehen auch höflich den Kopf zur Seite, um dich zu sich einzuladen. Gehe langsam näher und halte ihm deinen Handrücken unter die Nase. Dein Pferd wird daran schnuppern und blitzschnell allerlei Informationen über dich sammeln. Nun ist es bereit, und du könntest ihm ein Halfter anlegen.

Ausführliche Begrüßung

Wenn du vor dem Pferd stehst, halte ihm ebenfalls deine weiche Faust hin, drehe dich nach dem ersten Schnuppern aber deutlich zur Seite und blicke in die Ferne. Du bietest dem Pferd so an, die Führung zu übernehmen. Klappt es ein Ohr in die Richtung, in die du schaust, denkt es darüber nach. Halte ihm noch mal deine Faust hin, drehe dich dann wieder zur Seite. Nun kennt ihr euch schon besser, wahrscheinlich klappt wieder ein Ohr in deine Blickrichtung. Beim dritten Nasenkontakt atmest du deutlich sanft ein und aus, vielleicht ahmt das Pferd es nach. Jetzt ist die Rollenverteilung geklärt, und ihr könnt etwas zusammen unternehmen.

Die Pferdeohren sind in die Richtung geklappt, in die das Mädchen blickt.

Wie du eure Verbundenheit noch stärken kannst: Gehe ein Stück gemeinsam mit ihm, entweder auf dem Platz, in der Halle oder auch draußen (nur wenn du das Führen schon gut kannst!). Biete dem Pferd eine klare Führung und halte den Strick ruhig dicht am Kopf, aber mit weicher Hand. Passe dich seinem Schrittrhythmus an, Pferde lieben es, in gleichem Tempo zu gehen. Du befindest dich dabei auf Kopf- oder Halshöhe des Pferdes. Seid ihr eine Weile im Gleichschritt gegangen, mache einmal ein paar größere Schritte oder auch kurze, kleine, das Pferd wird es dir wahrscheinlich gleichtun.

Was für das Pferd sehr wichtig ist: Behalte unterwegs immer die Umgebung im Blick, sei aufmerksam. Schaue nicht das Pferd an – oder höchstens aus dem Augenwinkel –, sondern sieh dich von Zeit zu Zeit um, als wolltest du dich vergewissern, dass keine „Wölfe“ kommen. Damit zeigst du dem Pferd: Ich passe auf. Du kannst den Vierbeiner beeindrucken, wenn du etwas vor ihm bemerkst, etwa Spaziergänger, und mit der Hand darauf zeigst. Wird das Pferd nervös, weil es sich vor etwas fürchtet, schlägt Sharon Wilsie vor, einmal laut in Richtung des Gegenstands oder der Person zu pusten. So, als wolltest du viele Kerzen auf einmal ausblasen. Damit machst du das Warnschnauben der Vierbeiner nach. Dann wendest du dich ab, senkst den Kopf und gehst in die Ruheposition. So zeigst du ihm: Ich hab’s auch gesehen, aber es ist okay.

Das Mädchen steht entspannt, das Pferd macht es ihr nach.

Energetisches Putzen

Wenn du deinen Vierbeiner putzt, nimmst du ganz nah Kontakt mit seinem Körper auf.

Ein paar Anmerkungen zum Putzen vorweg: Nicht alle Pferde lassen sich gern putzen. Laut einer französischen Untersuchung ist einem Großteil der Pferde das Putzen sogar eher unangenehm. Manche gewöhnen sich daran, andere nicht. Beobachte das Pferd, wenn du es putzt. Ist sein Gesicht entspannt, beginnt es sogar zu dösen? Dann genießt es das Fellkraulen. Ist sein Maul zusammengepresst, kräuselt es die Nüstern, nimmt es den Kopf hoch, weicht es zur Seite oder legt es die Ohren an? Es sind oft nur kleine Anzeichen, mit denen dein Pferd dir sagen möchte: Das mag

Dieses Pferd genießt die sanfte Massage am Kopf.

ich nicht. Versuche, etwas kräftiger oder sanfter zu bürsten. Wechsle die Bürsten, nimm also z. B. einen Gummi- statt einen Plastik- oder Federstriegel. Oder geht es nur mit der Kardätsche? Probiere aus.

Vielleicht ist ihm auch deine frontale Stellung zu ihm unangenehm. Drehe dich seitlich, sodass du Richtung Schweif oder Pferdekopf guckst. So übst du weniger Druck aus.

Nimm dir fürs Putzen immer Zeit. Dann merkst du, wie die Stimmung des Pferdes ist und ob es vielleicht an bestimmten Stellen empfindlicher ist als sonst. Zuckt es z. B. bei Berührung des Rückens zusammen, solltest du unbedingt einen Fachmann (Physiotherapeut, Osteopath etc.) um Rat fragen.

Das Pferd muss nicht vor jeder Bodenarbeit oder Longiereinheit blank geputzt werden. Nur vor dem Reiten solltest du sorgfältig alle Stellen reinigen, auf denen der Sattel und der Zaum liegen, damit nichts scheuert.

Das energetische Putzen ist eine besondere Art, den Pferdekörper zu massieren. Damit kannst du kleine Blockaden lösen, sodass die Energie in deinem Pferd wieder harmonisch fließt.

Wichtig: Putze zunächst nur unter Aufsicht von einem Erwachsenen und frage vorher, ob das Pferd sich problemlos überall berühren lässt. Manche Vierbeiner sind kitzlig, vor allem am Bauch oder an den Innenseiten der Hinterbeine. Sie könnten beim Bürsten unruhig werden oder sogar treten. Daher eignen sich zum Üben nur Pferde, die das Putzen kennen und genießen.

Suche dir dafür ein ruhiges Plätzchen, also nicht gerade auf der belebten Stallgasse. Und putze auch nicht direkt vor der Fütterung, dann wird das Pferd abgelenkt sein. Zum Teil bürstest du gegen den Haarstrich, daran gewöhnt ihr euch aber schnell.

Nach dem folgenden Schema fährst du mit der Bürste über das Fell:

Du beginnst von rechts, vorne an der Pferdenase. Fahre sanft hoch über den Kopf, zwischen den Ohren durch, oben am Hals entlang, dann weiter über den Rücken, nah neben der Wirbelsäule, die Hinterhand hinab und außen am Bein bis zum Kronsaum hinunter. Bürste mit eher kräftigen, kurzen Strichen, dann fließt die Energie am besten. Am Kronsaum leitest du die Energie nach innen. Bürste zunächst bis zum äußeren hinteren Ballen, dann mehrmals ganz herum zum anderen hinteren Ballen. Von dort wieder mittig an der Innenseite des Hinterbeins hoch (gegen den Strich), dann unter dem Bauch und an der unteren Seite des Bauchs entlang bis zum Vorderbein, dort hinten abwärts bis zum Kronsaum. Hier ist es anders als am Hinterhuf: Bürste nun jeweils vom hinteren Ballen bis vorne zur Mitte. Von dort nach oben, über die Brust, den unteren Hals und unten am Kopf entlang bis zur Pferdenase. Dann ist ein Umlauf beendet. Das Gleiche dann von der linken Seite.

Manche Pferde beginnen dabei genüsslich zu gähnen oder zu lecken. Ist dein Pferd anfangs verwirrt oder unruhig, streiche langsamer oder leichter, wechsle die Bürste und beobachte, was ihm gefällt.

Die blauen Pfeile markieren den „Hinweg", die roten den „Rückweg". Die Hufabbildungen zeigen, wie du am Kronrand bürstest.

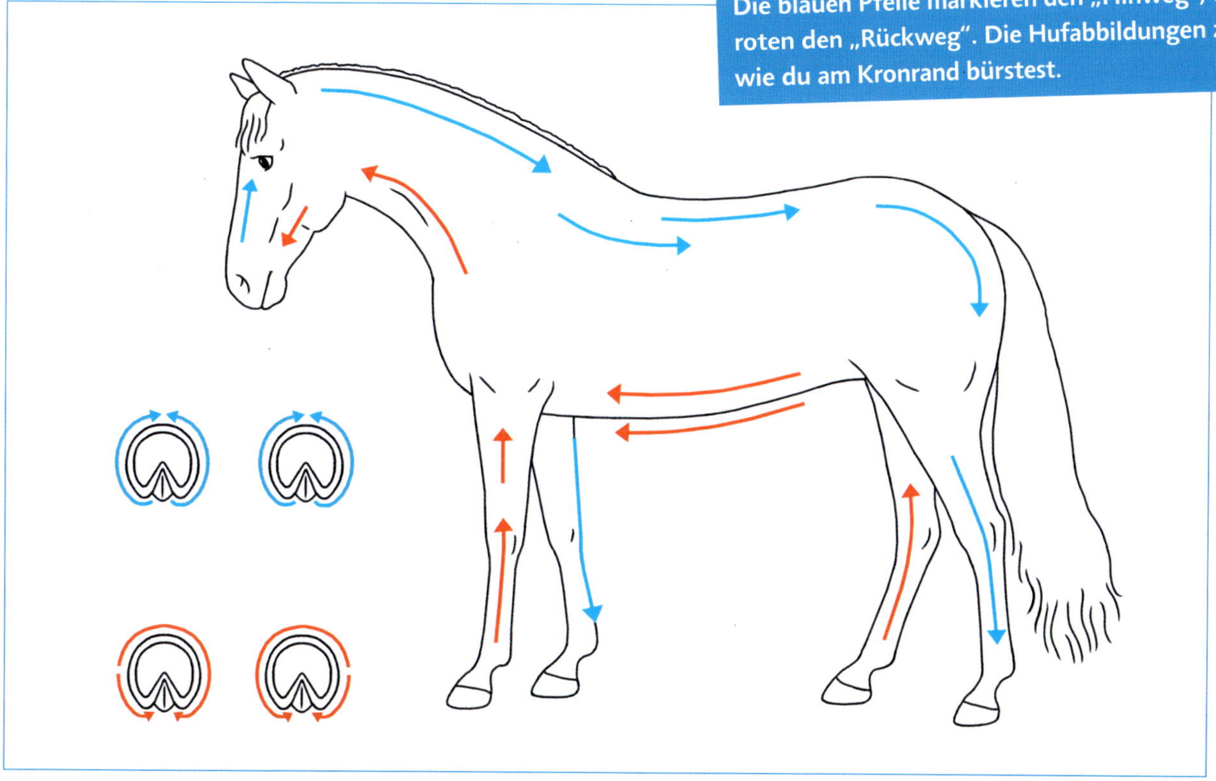

Extra: Pferdegurus

Sicher hast du das Wort „Pferdeguru" schon mal irgendwo gehört. Allgemein versteht man unter einem Guru jemanden, der viel weiß, viel Erfahrung hat und oft eine besondere Ausstrahlung, die die Leute fasziniert. Klingt erst mal gut. Bedenklich ist, wenn manche (Pferde-)Gurus behaupten, sie allein wüssten, wie man Pferde richtig ausbildet und trainiert, und alle müssten es so machen wie sie. Es gibt nicht den einen Weg, der immer und für alle Pferde funktioniert.

Die Alarmglocken sollten schrillen, wenn ein Guru schnelle Lösungen für Probleme anbietet.

Erinnerst du dich an Thordur Thorvaldson? Die neue Gestütsleitung holt ihn nach Kaltenbach, weil er angeblich jedes Pferd „wieder hinbekommt". Doch bald wird klar, dass er mit schrecklichen Methoden arbeitet: Er will Ostwind mit Feuer gefügig machen!

Auch im wahren Leben suchen Leute häufig dann einen Guru auf, wenn sie mit ihrem Pferd Probleme haben: Es reißt sich los, steigt, lässt sich nicht verladen etc. Doch auf die Schnelle und mit irgendwelchen Tricks lässt sich so was nicht „kurieren". Man muss erst herausfinden, was hinter einem solchen Verhalten steckt oder was vielleicht in der Beziehung zwischen Pferd und Mensch nicht stimmt. In kleinen Schritten und mit Geduld kann man das dann langfristig versuchen zu ändern.

Wahrscheinlich hast du kein „Problempferd". Trotzdem solltest du dir gut überlegen, von wem du etwas lernen möchtest. In der Pferdewelt gibt es nämlich eine Menge selbst ernannter Fachleute. Und jeder sagt irgendwas anderes – zumindest kommt es Anfängern so vor.

Zunächst mal solltest du dich von Äußerlichkeiten nicht verwirren lassen. Jede Pferdeausbildung hat im Grunde ähnliche Ziele: Das Pferd soll lernen, das Reitergewicht ohne Schaden zu tragen, auf Hilfen zu reagieren und sich willig lenken zu lassen; außerdem soll es sicher im Umgang sein. Es spielt keine Rolle, ob es mit oder ohne Gebiss, mit oder ohne Sattel geritten wird, ob Western, Freizeit oder Dressur. Es gibt nämlich auch nicht den einen, besten, pferdefreundlichsten Reitstil.

Entscheidend ist, dass der Trainer sowohl dem Pferd als auch dir in logisch aufgebauten kleinen Schritten erklärt, was ihr tun sollt. Er achtet darauf, dass du jeden Schritt richtig lernst und lobt dich, wenn du es gut machst.

Genauso geht er mit dem Pferd um: Er erklärt ihm geduldig, was er von ihm möchte, und belohnt es, wenn es etwas richtig macht. Manche geben Leckerlis,

Herr Kaan ist kein Guru, sondern ein weiser Pferdemensch.

kraulen das Pferd oder lassen es eine Pause machen.
Strafen, also schlagen oder schreien, tut ein guter Trainer nie. Und er verlangt nichts von dir und deinem Pferd, was ihr noch nicht könnt oder noch nicht richtig verstanden habt.
Bevor du dich für einen Lehrer entscheidest,

Besser als ein Guru ist eine freundliche, engagierte Reitlehrerin.

sieh dir in Ruhe die Pferde an, mit denen er arbeitet. Sind sie entspannt? Blicken ihre Augen ruhig, ist das Maul weich? Pendelt der Schweif locker? Oder sind sie verschwitzt, schlagen ständig mit dem Kopf oder dem Schweif, knirschen mit den Zähnen? Dann ist das KEIN guter Trainer, auch wenn er vielleicht behauptet, das müsse so sein, das Pferd müsse eben auch mal arbeiten.

Und, genauso wichtig: Erklärt er dir verständlich, was du machen sollst? Ist er freundlich? Wird auch mal gelacht? Das sind schon mal gute Voraussetzungen.

Solange es im Unterricht ruhig zugeht und du nichts machen musst, wobei du ein schlechtes Gefühl hast (z. B. das Pferd ständig mit der Gerte titschen oder hart „anpacken") oder deine Grenzen überschreiten musst (z. B. galoppieren, obwohl du dich davor noch fürchtest), ist alles in Ordnung.

Es ist vorteilhaft, länger mit einem Reitlehrer zusammen zu üben, weil er dich und dein Pferd dann gut kennt. Und denk daran, es dauert, bis man erste Erfolge sieht.

Ungünstig ist es, wenn du häufig den Lehrer wechselst und das Pferd ständig umlernen muss: Mal möchtest du Westernreiten am langen Zügel, dann muss es plötzlich Dressur sein. Am Boden machst du erst Freiarbeit mit Clickertraining, dann wechselst du zu Horsemanship.

Mit immer neuen Hilfen und Signalen verwirrst du dein Pferd. Für das Tier ist es so, als wäre es in einem Land, dessen Sprache es nicht spricht. Langsam lernt es erste Worte. Aber kaum kann es sich halbwegs verständigen, kommt es in eine Gruppe, die wieder eine andere Sprache spricht. Ganz schön stressig. Und oft wird der Reiter dann noch ungeduldig, weil das Pferd nicht versteht und nicht das macht, was es soll. Deshalb bleibe bei einem „System" – in dem Variationen und Abwechslung natürlich erlaubt sind.

Das Outfit fürs Pferd

Ein Fellsattel ist für lange Strecken unpraktisch.

Fest oder weich: der Sattel

Wahrscheinlich kennst du eher „normale“ Sättel mit festem Baum. Es lohnt sich aber, auch über baumlose Sättel nachzudenken, die man seit einigen Jahren häufiger sieht. Viele Hersteller versprechen, dass diese Sättel jedem Pferd passen und für alle geeignet sind. Das schauen wir uns genauer an.

Gerade für Reiter mit eigenem Pferd kann die Suche nach einem passenden Sattel eine wahre Odyssee werden. Leider gibt es nicht den einen Sattel, der immer passt, denn jedes Pferd und jeder Reiter ist anders. Hinzu kommt, dass die Figur des Pferdes sich verändern kann, z.B. durch Training oder Krankheit.

Auch du solltest in dem Sattel bequem sitzen können. Und nicht nur bequem, sondern auch gerade und ausbalanciert. Sonst ist es für dich schwierig, weich in den Pferdebewegungen mitzugehen. Ein wichtiges Kriterium für einen Sattel ist deshalb, dass sein Schwerpunkt wirklich mittig liegt. Das ist oft nicht der Fall. Lasse deine Reitlehrerin deinen Sattel begutachten.

Mika reitet Ostwind meist nur mit einem Fellsattel. Wenn du ausbalanciert sitzt, ist das für kürzere Strecken kein Problem, will man aber leichttraben, galoppieren oder springen, sind Steigbügel sehr praktisch.

Schauen wir uns an, welche Vor- und Nachteile Sättel mit und ohne Baum haben.

Baumsättel

Sie haben innen einen stützenden Kern, der dem Sattel seine Form gibt. Er kann aus Holz, Kunststoff oder aus Leder sein. Dieser sogenannte Sattelbaum verteilt das Reitergewicht auf dem Pferderücken und sorgt für eine gute Übertragung von Gewichtshilfen. Zudem bietet er eine stabile Aufhängung für die Steigbügel.

Es ist wichtig, dass der Baum genau zur Rückenform des Pferdes passt. Am besten wird er zunächst allein, ohne den kompletten Sattel drum herum, auf den Rücken gelegt.

Der fertige Sattel hat später noch Kissen drunter, die den harten Baum polstern. Flache, weiche Kissen verteilen das Gewicht noch besser. Zu dick gepolsterte „Wülste" dagegen können auf die Rückenmuskeln drücken.

Dressursattel mit langem, geradem Sattelblatt

Springsattel, dessen Schwerpunkt weiter hinten liegt

Der Westernsattel, ein Arbeitssattel

Passt der Sattel, hat auch ein hoher Widerrist genug Platz darunter.
Da man den Sattelbaum speziell formen kann, sitzt der Reiter meist bequem und anatomisch richtig (wenn der Sattel im Schwerpunkt liegt, siehe oben).
Wo das Problem ist? Leider kann man den Sattelbaum nur auf das stehende Pferd anpassen. In der Bewegung ändert sich der Pferderücken, er hebt sich leicht an oder senkt sich ab. Dann kann es sein, dass der Sattel doch irgendwo drückt. Das ist ähnlich, als würdest du mit einem starren Rucksack auf dem Rücken laufen.
Wenn der Sattel nicht fachgerecht angepasst wurde, drückt er manchmal von vornherein. Er kann die Muskeln richtig zusammenquetschen. Manche Pferde werden dann sehr empfindlich in der Sattellage, fangen an zu stolpern oder bekommen Kuhlen neben dem Widerrist – schmerzhaft! Aber es gibt eine Alternative.

Baumlose Sättel

Sie haben keinen starren Kern, dadurch sind sie sehr weich und flexibel. Das ist ein Vorteil – kann aber auch ein Nachteil sein. Damit das nicht so ist, muss auch ein baumloser Sattel sorgfältig von einem Profi angepasst werden. Baumlose Sättel werden auch häufig etwas anders gesattelt, lass dir das zeigen.
Ohne den festen Baum wird das Reitergewicht nicht so gut verteilt. Deshalb nutzt man

Baumlose Sättel darf man nur mit speziellem Pad darunter nutzen.

speziell gepolsterte Pads, die die Sättel richtig ausbalancieren und bei der Gewichtsverteilung helfen.
Die Steigbügelaufhängung kann auf den Pferderücken drücken. Auch hier hilft meist das richtige Pad darunter. Außerdem haben viele baumlose Sättel vorne eine feste Fork, ein Teil aus Holz oder Kunststoff, die den Sattel stabilisiert. Diese Fork muss unbedingt zum Rücken des Pferdes passen, sie darf nicht zu eng sein (sonst drückt sie und der Sattel steht hoch) oder zu weit (dann sinkt er runter, die Widerristfreiheit fehlt).
Ein Nachteil für den Reiter: Man muss sich an das Sitzgefühl gewöhnen, denn im baumlosen Sattel sitzt man sehr breit. Wenn du schmal bist, kann es sein, dass dich das stört. Außerdem kommt er einem etwas schwammig vor, weil so viele Polster darunter sind.
Trotzdem ist der große Vorteil des baumlosen Sattels, dass er sich jeder Bewegung anpasst,

was vielen Pferden gefällt. Für schwierige Sattellagen ist er manchmal sogar die einzige Lösung. Auch wenn sich die Muskulatur des Pferderückens verändert, ist das für baumlose Sättel kein Problem.
Wie bei einem Baumsattel sollte dein Pferd auch für die baumlose Variante normal bemuskelt sein. Ragt die Wirbelsäule heraus, frage einen Profi um Rat, meist muss das Pferd erst durch Bodenarbeit Muskulatur aufbauen. Weiter sollte das Pferd keinen sehr ausgeprägten Widerrist haben, sonst kann ein baumloser Sattel scheuern. Gerade vor langen Ausritten musst du sicher sein, dass der Sattel nirgends drückt oder scheuert, z. B. am Widerrist. Auch ein baumloser Sattel kann Satteldruck verursachen!

Eine Sonderform sind Reitkissen oder Fell- oder Filzsättel, an denen keine Steigbügel befestigt sind und auch nicht befestigt werden dürfen. Sie eignen sich für kurze Ausritte oder, wenn man bereits sicher sitzt, auch für Lektionen in der Reitbahn. Man spürt auf ihnen die Bewegungen des Pferderückens sehr gut.

Du siehst, es gibt überall Vor- und Nachteile. Was ist am besten für den Pferderücken? Gut wäre schon mal, das Pferd einfach nicht jeden Tag zu reiten, sondern nur jeden zweiten oder dritten Tag. Dann kann sich die Rückenmuskulatur zwischendurch erholen. Hat man einen gut angepassten Baumsattel, könnte man

Filzsättel wirken stoßdämpfend.

zusätzlich noch ein Reitkissen kaufen, das man für leichte Arbeit auf dem Platz oder eine Schrittrunde nutzt. Oder du reitest ab und an ohne Sattel. Dann wird der Pferderücken unterschiedlich belastet, und es entwickeln sich nicht so schnell Probleme.

Mit oder ohne Gebiss?

Ähnlich wie bei den Sätteln gibt es auch zu der Art, wie man das Pferd lenkt, zahllose unterschiedliche Meinungen.
Manche sehen in Wassertrense oder anderen Gebissen die einzige Möglichkeit, das Pferd richtig auszubilden, sodass es gesund und beweglich bleibt.
Andere lehnen alles Eisen im Maul des Pferdes ab, weil die Natur dafür gar keinen Platz in der Maulhöhle vorgesehen hat.
Ostwind wird meist mit einem Knotenhalfter

Ein Knotenhalfter ist zum Reiten eher nicht zu empfehlen.

geritten. Das ist möglich, aber nicht sehr praktisch, weil das Knotenhalfter nicht gut am Kopf sitzt und leicht verrutscht.

Schauen wir uns an, welche Zäumungen es gibt und welche Vor- und Nachteile sie haben.

Zäumung mit Gebiss:

Die meisten Pferde werden immer noch mit einer Wassertrense geritten. Sie besteht aus zwei gleich langen Mundstückteilen, die in der Mitte mit einem einfachen oder doppelten Gelenk miteinander verbunden sind. Das Mundstück kann aus Metall oder Kunststoff sein. Der Name kommt daher, da die Pferde mit diesem Gebiss im Maul Wasser trinken können – das war sehr praktisch für frühere Soldatenpferde.

Mit einer Wassertrense kann man den Pferdekopf gut zur Seite bewegen.

Einfach und doppelt gebrochene Trensen üben wie jedes Gebiss Druck auf die Zunge und Laden aus, wobei sich die doppelt gebrochenen besser dem Pferdemaul anpassen.

Ein amerikanischer Wissenschaftler hat herausgefunden, dass ein Gebiss im Maul den Fressreflex aktiviert und deshalb Speichel fließen lässt. Das Pferd versucht zu schlucken, spielt mit der Zunge, aber beides behindert die Atmung – was Stress auslösen kann.

Beobachte, wie dein Pferd das Gebiss ins Maul

nimmt: gern und ohne Gegenwehr? Wirkt es auch beim Reiten zufrieden, zeigt kein hektisches Kauen oder viel Speichelfluss? Dann passt es wahrscheinlich.

Kriegst du das Gebiss aber auch nach der Eingewöhnung nur mit Leckerchen oder sehr viel Geduld ins Maul, wirft das Pferd beim Reiten ständig den Kopf hoch, kräuselt die Nüstern oder knirscht mit den Zähnen, fühlt es sich nicht wohl mit dem Eisen im Maul? Du solltest über Alternativen nachdenken.

Drei Dinge tragen nicht unerheblich dazu bei, ob das Pferd das Gebiss mag:

- Das Gebiss muss zum Maul des Pferdes passen: In das schmale Maul eines Arabers passt keine dicke Wassertrense, auch wenn die angeblich sanfter wirkt.
- Werden die Pferdezähne regelmäßig kontrolliert? Das Gebiss kann z. B. schmerzhaft gegen Wolfszähne drücken.
- Und nicht zuletzt: Wie sanft ist deine Reiterhand? Nicht selten ist eine Hand, die im Maul ruckelt oder ständig zurückzieht, die Ursache dafür, dass das Pferd keine weiche Verbindung zum Gebiss findet und unruhig mit dem Kopf schlägt.

Stangengebisse wie Kandaren gehören nur in die Hand von Profis. Sie sind keineswegs Folterinstrumente, sondern erlauben eine feine Einwirkung. Auf vielen hochklassigen Dressurturnieren sieht man aber leider, dass Kandaren auch sehr hart wirken können

Vorne im Bild eine doppelt gebrochene Wassertrense

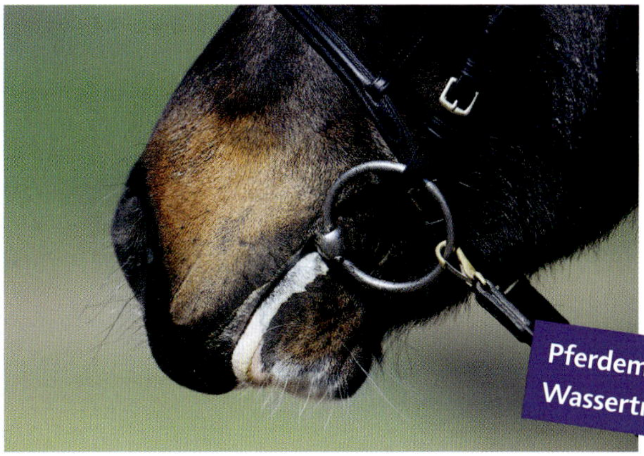
Pferdemaul mit Wassertrense

Starkes Schäumen deutet auf Stress hin, das Pferd hat sehr viel Eisen im Maul.

Gebisslose Zäume (englisch: Bitless Bridle):
Hier gibt es mittlerweile viele Alternativen, wir stellen dir die wichtigsten vor. Sei dir aber bewusst, dass gebisslos nicht automatisch pferdefreundlich heißt. Gebisslose Zäumungen wirken meist auf Nase und Genick ein, manchmal sogar mit einer Hebelwirkung. Beides sind empfindliche Stellen bei deinem Pferd. Ziehst du die Zügel fest an, kann also auch das wehtun. Eine fühlende Hand ist hier genauso wichtig!
Das Genickstück und der Nasenriemen sollten breit und aus einem weichen Material sein. Der Nasenriemen darf nie tiefer als zwei Finger breit unter dem Jochbein liegen, da er sonst auf den empfindlichen Nasenknorpel drückt. Die meisten Pferde lassen sich gern mit einem gebisslosen Zaum reiten und können – je nach Modell – damit auch gymnastiziert werden. Ein kooperatives Pferd wird sich auch im Gelände ohne Gebiss prima halten lassen. Und solange ein Pferd noch nicht willig auf deine Reiterhilfen reagiert, solltest du ohnehin nicht ausreiten, egal ob mit oder ohne Gebiss.

Bitless Bridle
Es sieht aus wie ein normales Reithalfter. Das Besondere sind die zwei Riemen, die sich unter dem Pferdemaul kreuzen. Wenn du z. B. den rechten Zügel annimmst, entsteht ein leichter Druck an der linken Kopfseite (der Ganasche), dem das Pferd nach rechts weicht. Nimmst du beide Zügel an, entsteht Druck auf Nase und Genick, das Pferd hält an.

Die Zügel liegen unter dem Kinn überkreuz.

Sidepull
Ein Sidepull ist eine Art Halfter, das hauptsächlich auf die Nase wirkt. Der Pferdekopf kann damit gut zur Seite bewegt werden (wie der Name sagt). Manche reiten damit sogar Dressurlektionen, andere nutzen es nur im Gelände. Im Westernreiten gibt es Sidepulls mit einem Nasenteil aus gedrehtem Seil oder Rohhaut. Diese wirken allerdings recht scharf, Vorsicht.

Die Zügel werden an einen Extraring an der Seite eingehakt. So kann man den Pferdekopf seitwärts führen.

Glücksrad/Blume

Oberhalb vom Maul wird rechts und links ein Metallrad mit Speichen oder eins in Blumenform in das Reithalfter geschnallt. Unter dem Kinn verläuft eine Kette oder ein Lederband. Je nachdem, in welche Speiche oder welchen Blumenbogen man die Zügel einschnallt, wirken sie mit mehr oder weniger Hebel auf die Nase, das Genick und das Kinn ein. So ein Zaum kann also eher sanft bis ganz schön scharf sein.

Mit Anzügen wirkt das Glücksrad schärfer.

Mechanische Hackamore

Das ist die schärfste der gebisslosen Zäumungen und eher abzulehnen. An zwei mehr oder weniger langen Anzügen werden die Zügel eingeschnallt, zusätzlich verläuft eine Kette unter dem Kinn. Bei Zügelanzug entsteht starker Druck auf Nase, Kinn und Genick. Eine seitliche Einwirkung ist nicht möglich.

Vorsicht, die langen Anzüge haben eine starke Hebelwirkung.

Kappzaum

Ein Kappzaum liegt eng am Kopf an und hat auf dem Nasenteil drei Ringe: rechts, links und in der Mitte. Er wird häufig in der Bodenarbeit genutzt, da man über den mittleren Ring den Pferdekopf gut in die richtige Position bewegen kann. Schnallt man die Zügel in die Ringe rechts und links, kann man mit dem Kappzaum auch reiten. Am besten ist ein Kappzaum mit einem breiten gepolsterten Nasenteil aus Leder oder Kunststoff.

Ein Kappzaum eignet sich auch zum Reiten, besser wäre hier aber ein weicher Nasenriemen.

Sicher unterwegs: Darauf kommt es an

Das Pferd ist ausgestattet, aber wie sieht es mit dir aus? Schließlich sollst du bequem und sicher im Sattel sitzen.

Die Reitsportkataloge sind voll mit Ausrüstungsgegenständen für Reiter. Und es macht Spaß, sich farblich passend, mit schicken Jacken, Reithosen und -stiefeln auszustatten. Doch im Grunde brauchst du gar nicht viel, eine gute Reitausrüstung bekommst du auch für wenig Geld.

Am wichtigsten ist ein guter Reithelm. Lass dich im Fachgeschäft beraten, besser nicht online kaufen. Der Helm muss fest auf dem Kopf sitzen, darf aber nirgends drücken. Er sollte sich einfach verstellen, mit einer Hand schließen und öffnen lassen und gut belüftet sein. Im besten Fall sieht er auch noch schick aus. Nimm nicht den billigsten Helm, denn er schützt unter Umständen dein Leben.

Mika reitet im Film oft ohne Helm. Das sieht

Im wirklichen Leben ist das Reiten ohne Helm nicht zu empfehlen!

natürlich besser aus. Aber ganz ehrlich: Kommt es darauf an, wenn du irgendwo im Wald unterwegs bist? Jedes Pferd kann mal einen unerwarteten Satz machen oder dicht unter einem Ast entlanggaloppieren. Die Folge ist eine ordentliche Beule, eine Gehirnerschütterung oder Schlimmeres. Deshalb gewöhnst du dir besser gleich an, nur mit Helm aufs Pferd zu steigen.

Wenn du viel ins Gelände gehst oder mit dem Pferd springst, ist eine Sicherheitsweste sinnvoll. Sie sollte leicht sein, gut sitzen und dich nicht einengen oder stören, denn dann ziehst du sie ungern an.

Eine coole Reithose ist natürlich schön, es geht aber auch mit dicken Leggins – in Ledersätteln halten sie allerdings nicht so lange.

Ob du Reitstiefel oder Stiefeletten trägst, ist Geschmackssache. Hauptsache, die Schuhe haben einen Absatz und sind bequem, denn du läufst sicher auch mal ein Stück damit.

„Obenrum“ reichen ganz normale Jacken und Pullis.

Handschuhe sind beim Führen oder Longieren des Pferdes sinnvoll. Falls das Pferd einmal zur Seite springt und dir den Strick durch die Hand zieht, hast du nicht gleich eine Blase oder Abschürfung.

Eine sichere Ausstattung ist aber nicht alles. Wenn du mit Pferden zu tun hast, solltest du unbedingt die „Basics“ im sicheren Umgang kennen und verinnerlicht haben. In einer guten Reitschule wirst du sie von Anfang an lernen, wir sagen dir hier noch mal in aller Kürze ein paar der wichtigsten Regeln. Sei im Umgang mit dem Pferd immer aufmerksam und „ganz da“. Wenn du träumst, dich unterhältst oder gar auf dem Handy herumtippst, kriegst du wichtige Signale vom Pferd nicht mit – und kannst z. B. von einem Satz zur Seite überrascht werden.

Eine Sicherheitsweste ist besonders im Gelände und beim Springen nützlich.

- Nie den Führstrick um die Hand wickeln. Springt das Pferd weg oder rennt sogar los, kannst du mitgeschleift werden.
- Wenn du ein Pferd auf die Weide bringst, nicht im Laufen einfach den Strick lösen. Das Pferd könnte lossausen und übermütig ausschlagen. Drehe es erst zu dir und mache dann den Strick ab.

Durch Tore etc. gehst du stets voraus.

- Nicht mit Taschen voller Leckerli in eine Pferdherde gehen – das gibt Ärger und Streit, bei dem die Hufe fliegen können.
- Quetsche dich nicht mit dem Pferd durch enge Durchgänge, du gehst immer mit Abstand voraus.
- Das Pferd nur mit Halfter an ruhigen, sicheren Orten, an festen Ringen oder Balken anbinden – mit speziellem Panikknoten. Lass es nie länger unbeaufsichtigt.
- Am Anbindeplatz steht nichts herum, was umfallen könnte. Halfter am Strick liegen nie auf dem Boden, sondern werden immer aufgehängt.
- Schleiche dich nie von hinten ans Pferd an und gib ihm womöglich noch einen Klaps auf den Po. Hat das Pferd gedöst, wird es aufschrecken oder sogar ausschlagen.
- Behalte die Umgebung im Blick und lerne einzuschätzen, wovor das Pferd sich erschrecken könnte, z. B. lärmende Kinder, Trecker, Regenschirme etc.
- Fühlst du dich mit einem Pferd überfordert, frage immer sofort nach Hilfe. Du musst dich weder durchsetzen noch die Heldin spielen.
- Anfänger machen nie etwas allein mit dem Pferd, auch keinen kleinen Spaziergang.

Das Pferd wird – am nicht zu langen Strick – mit Panikknoten angebunden.

Solange du noch nicht sicher in allen Gangarten im Sattel sitzt, nur unter Anleitung reiten.

- Wetter und Tageszeit im Blick behalten: An kalten oder stürmischen Tagen oder in der Dämmerung sind Pferde schreckhafter und explosiver.

Denk dran: Wenn du bei etwas unsicher bist – frage erfahrene Pferdeleute um Rat, egal, um was es geht.

Aufwärmen und lockern ohne Reiter: Longieren

In dem ersten Ostwind-Sachbuch haben wir dir gezeigt, wie du das Pferd richtig führst und was du beachten musst, wenn du mit dem Vierbeiner spazieren gehen möchtest. Außerdem haben wir dir Tipps zur Boden- und Freiarbeit gegeben. Damit hast du schon eine ganze Reihe Beschäftigungsmöglichkeiten für dein Pferd. Eine kommt nun noch dazu: das Longieren.

Mit sinnvollem Longieren kannst du das Pferd locker und beweglich machen, außer-

Ein gut sitzender Kappzaum mit Ganaschenriemen und gepolstertem Nasenteil

dem trainierst du seine Ausdauer – alles ohne das Gewicht von Sattel und Reiter, weshalb es sich auch als Aufbautraining für junge oder alte Pferde und für Tiere mit wenig Muskulatur eignet.

Aber Achtung: Richtig longieren musst du genauso üben wie reiten. Es bedeutet nämlich keinesfalls, das Pferd einfach an der Longe um sich herumlatschen oder -sausen zu lassen. Diese Art von Longieren ist schädlich für das Pferd, auch wenn man es sehr oft in Reitställen sieht. Deshalb nimm unbedingt Unterricht, um das Longieren richtig zu lernen.

Wir zeigen dir hier, woran du gutes Longieren erkennst.

Das Pferd trägt zum Longieren einen Kappzaum – keine Trense und kein Halfter. Nur mit dem Kappzaum kannst du den Pferdekopf in die richtige Position bringen, ohne dass du dafür mit der Hand etwas machen musst. Ein leichter Kontakt reicht.

Der Nasenriemen liegt zwei Finger unter dem Jochbein und sollte breit und gepolstert sein. Obendrauf dürfen Metallschenkel liegen, die sich der Nasenform anpassen. Ungeeignet sind dünne Cavecons. Sinnvoll ist ein Ganaschenriemen, der dafür sorgt, dass die seitlichen Riemen nicht ans Auge rutschen. Der Kappzaum wird so verschnallt, dass er recht eng am Kopf anliegt, aber nichts einschnürt. Die Longe wird am mittleren Ring eingehakt.

Du solltest nur mit einem Pferd üben, welches das Longieren schon kennt. Ist es länger nicht longiert worden, kann für die ersten Runden ein Partner das Pferd um dich herumführen. Ideal ist für den Anfang ein Roundpen oder Longierzirkel, da hier der Kreis schon vorgegeben ist und das Pferd sich an der Umrandung „anlehnen“ kann.

Linksherum hältst du die Longe in der linken Hand, in der rechten Hand hast du die Peitsche. Rechtsherum ist es genau entgegengesetzt. Lasse das Pferd im Schritt losgehen und weise es nach außen auf den Kreis, indem du mit der Peitsche auf die Pferdeschulter zeigst und sie sacht auf und ab schwingst.

Gut, dein Pferd geht nun außen um dich herum. Wie beim Reiten drehst du dich in Laufrichtung des Pferdes. Mit deinem Bauchnabel schaust du ein Stück vor das Pferd, auch deine Füße marschieren nach links. Dein

Oberkörper bleibt leicht zum Pferd gedreht. Dein linker Arm, der die Longe hält, ist locker angewinkelt am Oberkörper. Die Longe läuft, anders als der Zügel, von unten nach oben durch deine locker gehaltene Faust, der Daumen deckt sie oben ab.

Genauso wie beim Reiten suchst du nun einen leichten Kontakt zur Pferdenase. Ganz wichtig ist dabei, dass du nie rückwärts einwirkst, sondern nur in gerader Linie zur Nase oder nach vorn. Der Kontakt zur Nase ist ganz leicht und stetig, du zupfst und ruckelst nicht! Jedes Zupfen an der Longe wirkt nämlich über den Kappzaum stark auf das empfindliche Pferdegenick. Das Pferd darf seinen Kopf einfach gerade halten. Wenn es merkt, dass deine Hand sanft bleibt, wird es sich wahrscheinlich bald entspannen und den Kopf etwas sinken lassen. Du merkst, dass der Kontakt wie ein weiches Gummiband wird, das Pferd klappt ein Ohr in deine Richtung. Prima, das möchtest du.

Deine Peitsche zeigt im Schritt, ungefähr auf Höhe des Sprunggelenks, direkt hinter das Pferd. Sie begleitet erst mal nur und macht nichts. Achte darauf, dass du nicht im Hohl-

Perfekt: Dein Bauch „weist" den Weg, die Longe hält sanften Kontakt zur Pferdenase.

Am rutschigen Knotenhalfter, mit durchhängender Longe und fehlenden Peitschenhilfen ist Longieren wenig sinnvoll.

kreuz stehst, das passiert manchmal, wenn die Peitsche recht schwer ist.

Willst du antraben, atme ein, hebe deinen Brustkorb und mit ihm die Peitschenspitze auf Höhe der Hinterhand. Sage auch das Kommando, z. B. „Terab". Reagiert das Pferd und fällt in den Trab, lasse sie wieder auf Sprunggelenkhöhe sinken und begleite. Reagiert das Pferd nicht, lasse die Peitsche zum Hinterbein vorschwingen. Das gezielte Schwingen mit dem Peitschenschlag kannst du auch ohne Pferd üben, z. B. indem du auf aufgemalte Punkte zielst.

Pass auf, dass du beim Antraben nicht unbewusst an der Longe zurückziehst, sondern nach vorn denkst.

Was du erreichen möchtest: dass das Pferd im Schritt und Trab in gleichmäßigem Tempo mit entspanntem Hals um dich herumläuft. Es darf seine Nase zwischendurch auch mal bis zum Boden strecken.

Den Galopp lässt du erst mal weg, das ist etwas für Fortgeschrittene.

Anhalten gelingt am besten über Stimmsignal: „Haaalt", dabei ausatmen, Peitsche sinken lassen, ebenso deine Schultern. Läuft das Pferd weiter: nicht schlimm, probiere es einfach noch mal. In hartnäckigen Fällen kannst du einen Schritt Richtung Pferdekopf machen, dich leicht zum Pferd drehen und die Longenhand heben. Das wirkt wie eine optische Bremse. Nicht an der Longe ziehen!

Wenn du geübter bist, kannst du das Pferd auch auf dem Reitplatz longieren und dort zwischen geraden Strecken, Zirkel und Volten abwechseln, das ist für das Pferd gesünder, als ausschließlich im Kreis zu laufen. Tolle Beispiele bietet das Buch von Katharina Möller: *Longieren als Dialog mit dem Pferd* (Cadmos).

Denke auch beim Longieren daran, dass das Pferd erst einmal 10 bis 15 Minuten Schritt gehen soll. Erst dann sind seine Gelenke so gut geschmiert, dass sie stärker belastet werden dürfen. Du kannst auch vorher auf dem Platz etwas Bodenarbeit machen oder spazieren gehen, um es aufzuwärmen. Denke daran, auch zwischendurch immer wieder Schrittpausen einzubauen, vor allem, wenn das Pferd nicht gut trainiert ist. Lasse es nicht länger als 20 bis 30 Minuten im Kreis laufen.

Natürlich können auch beim Longieren Schwierigkeiten auftauchen: Das Pferd rennt mit hoch erhobenem Kopf viel zu schnell. Oder es trödelt so, dass es fast einschläft. Es drängelt nach innen. Es zieht nach außen. Bei all diesen Problemen sollte dir ein erfahrener Lehrer helfen. Bis du in allen Situationen richtig an der Longe reagierst, werden Jahre vergehen – wie beim Reiten.

Mit Bodenarbeit kannst du dein Pferd vor dem Longieren aufwärmen.

Ostwind ist für Mika natürlich der Allerschönste, auch mit bunter Bemalung.

Extra: Das schönste Pferd von allen

Bestimmt ist dein Pferd für dich ohnehin das schönste, beste und klügste der Welt. Egal ob im zotteligen Winterpelz oder mit einer dicken Matschschicht vom Wälzen.
Auch Mika findet die kleine Ora supersüß. Sie war sogar bei ihrer Geburt dabei und sieht sie aufwachsen. Als sie mit Ora auf eine Zuchtschau geht, ist sie ganz überrascht, dass sich die kleine Stute als echte Prinzessin entpuppt, die auch andere wunderschön finden.

Wie wäre es mit einem „Beautytag" für dein Pferd? Nimm dir zwei Stunden Zeit, um es besonders fein herausputzen. Das macht auch ohne Anlass Spaß. Oder wie wäre es anschließend mit einem tollen Foto von deinem Liebling? Frage jemanden mit einer guten Kamera und suche nach einem schönen Hintergrund.
Oder ihr organisiert am Stall eine kleine Pferdeschau, auf der ihr euer Pferd an der Hand vorführt; im Stand, Schritt und Trab. Natürlich ohne Bewertungen, denn, siehe oben: Für jeden ist das eigene (Pflege-)Pferd das schönste!
Suche dir für die Putzaktion am besten einen warmen Sommertag aus, denn Wasser gehört dazu.
Zunächst bürstest du dein Pferd gründlich mit Striegel und Kardätsche. Bei Schimmeln sind oft noch Mistflecken im Fell. Nimm einen nassen Lappen und etwas Babyshampoo, um sie wegzuwaschen. Gut mit Wasser nachreiben.
Füchse und Rappen hingegen sehen oft trotz Putzen staubig aus. Reibe mit einem Lammfellhandschuh oder einem feuchten Tuch über das Fell, damit es wirklich glänzt.
Wenn das Wetter sehr warm ist und ihr einen Schlauch am Stall habt, kannst du das Pferd auch einmal komplett waschen. Dazu solltest du es allerdings vorsichtig an Wasser gewöhnen und es nicht plötzlich von Kopf bis Fuß nass spritzen. Immer an den Beinen anfangen und dann langsam weiter hochgehen. Besonders schmutzige Stellen reinigst du mit Babyshampoo und spülst sie gründlich aus. Anschließend ziehst du mit einem Schweißmesser das Wasser aus dem Fell und führst das Pferd, bis es trocken ist. Da Waschen den natürlichen Fettfilm im Fell zerstört, solltest du das aber nur selten machen.
Eine Schweifwäsche ist dagegen auf jeden Fall angesagt, das geht auch ohne Schlauch. Nimm einen Eimer Wasser, tunke den Schweif bis Anfang der Schweifwurzel ein und shampooniere ihn gründlich. Nimm nicht zu viel Shampoo, es geht sonst schwer

Beim Auswaschen hält am besten eine Person den Eimer und die andere spült.

wieder raus. Anschließend den Schweif in einem frischen Eimer Wasser auswaschen, eventuell auch ein zweites Mal. Vorsichtig kämmen. Auch Mähne und Schopf vorsichtig durchkämmen. Auf Glanzsprays besser verzichten, die legen sich wie ein Film um die Haare.

Je nach dem, wie viel Mähnen- und Schweifhaar dein Pferd hat, kannst du jetzt noch tolle Frisuren flechten.

Willst du das Gesicht deines Pferdes betonen, gib etwas Babyöl auf einen Lappen und reibe damit vorsichtig über die Maul- und Augenpartie. Ein dunkler Schimmer ist der Lohn.

Reibe zum Schluss mit einer aufgeschnittene Zwiebel über die Hufe, damit sie glänzen. Fett ist unpraktisch, da Sand dran kleben bleibt.

Wetten, nun ist dein Pferd garantiert das schönste im Stall?

Im Internet findest du noch viele weitere Beispiele für fantasievolle Pferdefrisuren.

Pferdefrisuren

Um deinem Pferd eine tolle Frisur zu zaubern, brauchst du Folgendes:

• Mähnengummis • eine Mähnenbürste • evtl. ein stumpfe Sticknadel und Garn
• evtl. Haarnadeln • evtl. bunte Bänder

Mähne und Schweif vorher NICHT waschen und auch nicht mit Mähnenspray einsprühen, weil die Haare sonst rutschig werden.

Da Beschreibungen zum Flechten immer sehr lang und umständlich sind, suche am besten bei Youtube nach Anleitungen/Tutorials. Und denk dran: Lass dein Pferd nicht stundenlang am Anbindebalken stehen, weil du Frisuren üben willst. Für dein Pferd ist das sehr langweilig.

Entspannt reiten

Gegenseitiges Vertrauen ist wichtig für entspanntes Reiten.

Satteln und Trensen Schritt für Schritt

In einer guten Reitschule wird dir die gesamte Vorbereitung mehrmals in Ruhe gezeigt. Gemeinsam mit deiner Reitlehrerin oder einem älteren, erfahrenen Schüler holst du das Pferd aus der Box oder von der Weide und putzt es. Vor dem Reiten ist vor allem wichtig, dass du die Sattellage und den Kopf gründlich und vorsichtig von Schmutz befreist, damit unter dem Leder nichts scheuert. Kratze auch immer vorher die Hufe aus, sonst könnten Steinchen unangenehm in die Hufsohle drücken. Wenn du beim Putzen noch unsicher bist, bitte um Unterstützung.

Wir zeigen dir nun Schritt für Schritt, wie du

dein Pferd sattelst und trenst – in dieser Reihenfolge. Deine Reitlehrerin sollte dir anfangs helfen und auch später immer abschließend kontrollieren. Das ist wichtig für deine Sicherheit (ein rutschender Sattel kann Ursache für einen bösen Sturz sein) und das Wohlbefinden des Pferdes (ein falsch aufgelegter Sattel oder zu eng geschnalltes Zaumzeug drückt und kneift).

Der Sattel wird von vorne nach hinten in die richtige Position geschoben.

Satteln:

1. Der Sattel wird mit der Sattelunterlage vorn auf den Widerrist gelegt und sanft nach hinten geschoben, bis er hinter der Schulter liegt.
2. Ziehe die Satteldecke in die Kammer hoch, damit die Wirbelsäule frei ist. „Kammer" nennt man die Ausbuchtung des Sattels über dem Widerrist.
3. Lasse von der anderen Seite vorsichtig den Gurt herunter. Er sollte nicht gegen die empfindlichen Pferdebeine schlagen.
4. Schließe den Gurt, aber erst mal nur locker. Wenn du das Pferd ein Stück geführt hast, gurtest du nach. Ziehe den Sattelgurt aber nie knallfest an, das ist fürs Pferd unangenehm.
5. Vor dem Aufsteigen ziehst du die Steigbügel herunter.

Aufkammern: So kann die Decke nicht auf den Widerrist drücken.

Ziehe den Gurt zunächst nur ganz leicht an.

Eine Hand umfasst die Nase, die andere schiebt das Gebiss ins Maul.

Sei vorsichtig mit den Ohren, wenn du das Genickstück darüberziehst.

Unter dem Nasenriemen sollten zwei Finger Platz haben.

Trensen:

Gebisslose Zäume werden unterschiedlich angelegt. Lass dir das von deiner Reitlehrerin erklären. Wir zeigen dir hier die Variante mit Mundstück.

1. Schnalle das Halfter ab und lege die Zügel über den Hals.
2. Umfasse die Pferdenase mit der rechten Hand, die das Reithalfter hält.
3. Schiebe mit der linken Hand sanft das Gebiss ins Maul.
4. Ziehe die Trense vorsichtig über die Ohren und schließe den Ganaschenriemen (falls vorhanden). Eine aufgestellte Hand sollte dazwischen Platz haben.
5. Schließe den Nasenriemen, wenn es einen gibt. Es sollten zwei Finger dazwischenpassen.

Hauptsache bequem: der Sitz

Es geht los, rauf aufs Pferd! Wenn der Vierbeiner etwas größer ist, mit einer Aufstiegshilfe, einem kleinen Hocker oder Ähnlichem. Es ist für das Pferd unangenehm, wenn du nicht hochkommst und hilflos an seiner Seite hängst.
Ob du anfangs mit oder ohne Sattel reitest, hängt von deinem Reitlehrer ab, beides ist möglich. Ohne Sattel fühlst du die Pferdebewegung noch besser. Es ist aber auch etwas

Aus Wasserkästen lässt sich eine praktische Aufstiegshilfe bauen.

rutschiger. Deshalb ist ein Voltigiergurt mit Griffen zum Festhalten sinnvoll.
Wir fangen im „sicheren“ Sattel an und schlagen vor, zwischendurch zur Sitzschulung immer mal „ohne“ zu reiten.

Lasse dich möglichst sanft in den Sattel gleiten, ohne Plumps. Genieße für einen Moment die Aussicht und die Tatsache, dass dein Pferd dich trägt. Die Steigbügel kannst du fürs Erste überschlagen, deine Beine hängen einfach lang herunter. Lasse dich einige Runden führen. Du musst nichts machen, fühle nur die Pferdebewegung. Je nachdem, ob dein Pferd im Schritt schnell oder langsam läuft, wackelt es etwas mehr oder weniger. Wenn du unsicher bist, halte dich vorn am Sattelriemchen oder an einem Mähnenbüschel fest. Anfangs reicht es, wenn du einige Male für etwa 10 bis 15 Minuten geführt wirst. Dann hast du schon ein ganz gutes Gefühl für die Bewegung und kannst anfangen, über deinen Sitz nachzudenken.

Zunächst kommen die Steigbügel dazu, die deine Reitlehrerin dir einstellt. Wie? Lasse im Sattel die Beine hängen. Die Bügel werden so lang geschnallt, dass sie ungefähr auf (unterer) Knöchelhöhe sind. Dann erreichst du sie bequem, wenn du leicht die Zehenspitzen anhebst. Merke dir das Loch im Riemen, dann kannst du die Bügel beim nächsten Mal schon beim Satteln richtig einstellen.
Wenn du schon „normale“ Reitstunden hinter dir hast, kennst du sicher die eine oder andere Aufforderung zum Reitersitz:

- Gerade, Schultern zurück, Kopf hoch
- Fersen tief, Zehenspitzen nach innen
- Hände eine Handbreit über dem Widerrist, stillhalten

Im Stand gelingt es dir vielleicht noch, diesen Anweisungen zu folgen. Du wirst dann aber eher steif wie ein Zinnsoldat im Sattel sitzen. Und spätestens nach den ersten Schritten des Pferdes gerät alles ins Wanken …
Wie geht das nun mit dem „korrekten“ Sitz? Hilfreich ist, wenn du eine Vorstellung von einem guten Reitersitz hast. Schau dir an, wie z. B. deine Reitlehrerin auf dem Pferd sitzt. Bedenke aber: Jeder Körper ist anders. Und deshalb sitzt auch jeder etwas anders im Sat-

tel. Manche haben kurze Beine und einen langen Oberkörper, bei anderen ist es andersrum. Manche sind sehr gelenkig, andere eher steif. Die einen haben ein Hohlkreuz, die anderen einen Rundrücken.

Damit du „deinen" Sitz findest, musst du lernen, dich im Sattel zu zentrieren und aufzurichten. Das gelingt besonders gut mit Gedankenbildern. Erwarte aber nicht, schon nach einigen Stunden perfekt zu sitzen. Anfangs wirst du immer wieder nachspüren und dich neu anpassen müssen. Irgendwann festigt sich das richtige Sitzgefühl.

Tipp: Strenge dich nicht an, irgendwelche Körperteile in eine bestimmte Position zu zwingen, z. B. die Beine lang nach unten/hinten. Das ist zwar irgendwann das Ziel, aber noch ist dein Körper dafür nicht bereit. Durch Anstrengung verspannst du dich nur, und diese Spannung spürt auch das Pferd. Denke eher an Wachsen und Loslassen, das bringt dich dem Ziel näher. Auch dein weicher, umfassender Blick hilft dir, locker zu bleiben.

Die Reiterin sitzt im Hohlkreuz, der Po ist nach hinten weggestreckt.

Dieses Mädchen sitzt im Stuhlsitz, der Oberkörper ist zu weit hinten, die Beine sind zu weit vorn.

Ausbalancierter, aufrechter Sitz

Die Reiterin knickt in der rechten Hüfte ein und verschiebt ihr Gewicht ungewollt nach links.

Ein wichtiges Kennzeichen von einem guten Reitersitz ist, dass dein Körper im Gleichgewicht ist, aufrecht und stabil. Du kippst nicht schnell nach vorne oder hinten, und du belastest auch nicht eine Seite stärker, lehnst dich also nicht (unbewusst) mehr nach rechts oder links.

Würdest du z. B. in der rechten Hüfte einknicken und damit dein Gewicht nach links verschieben, müsste dein Pferd das ständig ausgleichen und würde dabei selbst ganz schief. Es gibt aber auch den umgekehrten Fall: Dein Pferd ist schief und versucht, dich auch schief hinzusetzen – natürlich unabsichtlich. Deshalb ist es wichtig, dass deine Reitlehrerin genau hinschaut und dir sagt, ob du gerade sitzt.

Zentrieren

Um tief im Sattel zu sitzen, musst du wissen, wo dein Körperschwerpunkt, dein Zentrum, ist. Lege eine Hand auf deinen unteren Bauch, unterhalb vom Bauchnabel. Atme tief ein und aus und fühle noch einmal, wie dein Bauch sich hebt und senkt (siehe Seite 18). Dort unten ist dein Zentrum. Stelle dir vor, dass im Bauch eine warme, schwere Kugel liegt. Ganz ruhig liegt sie da und lässt dich nach unten in den Sattel sinken. Sie sorgt dafür, dass du nicht vor, zurück oder zur Seite kippst. Atme tief zu dieser Kugel hin, lasse die Luft darin kreisen. Spürst du, wie dein unterer Rücken lang und weich wird? Unterstützend kannst du dir noch vorstellen, dass dein Steißbein bis zum Boden sinkt, auch dann wird dein unte-

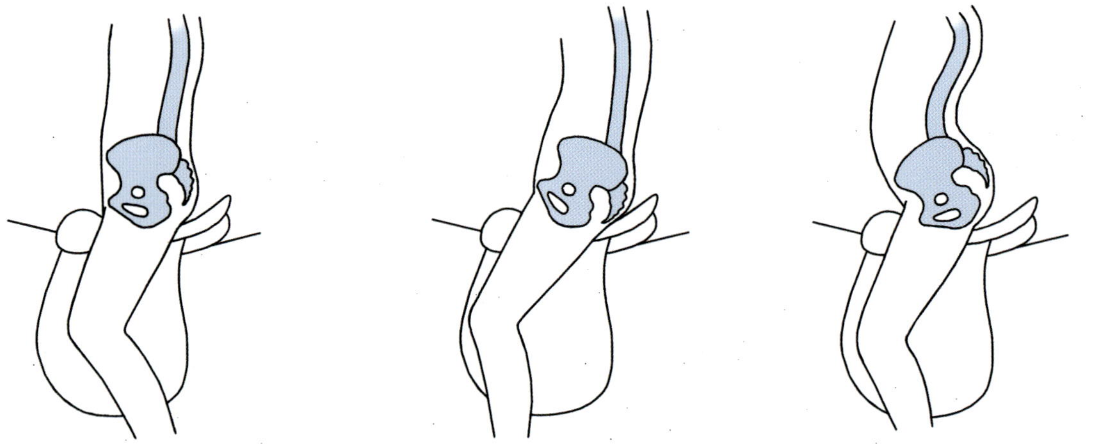

1. Aufgerichtetes Becken für einen geraden Sitz

2. Nach hinten gekipptes Becken (Stuhlsitz)

3. Vorgerolltes Becken (Hohlkreuz/Spaltsitz)

rer Rücken von selbst ein Stückchen länger. Länger heißt aber nicht, gerade und steif wie ein Stock. Dein unterer Rücken behält einen sanften Schwung, sonst geht die „Federung" verloren.

Jetzt sitzt du mit ausbalanciertem Becken im Sattel. Schiebe mal deine Hände unter den Po. Spürst du zwei Knochen? Das sind die Sitzbeinknochen von deinem Becken. Diese fühlt auch das Pferd.

Aufrichten

Stelle dir vor, dass du ein aufeinandergestapelter Turm aus Klötzen bist. Einer ruht auf dem anderen, sodass dein Oberkörper sich mühelos aufrecht hält. Dein Kopf balanciert gerade auf der Wirbelsäule, diese läuft in sanftem Schwung nach unten, mittig zwischen deine Hüften. Dort verteilt sich dein Gewicht gleichmäßig auf die zwei Sitzknochen, an die sich deine locker herabhängenden Beine anschließen.

Ein anderes Bild: Du bist eine Tanne. Dein Kopf und dein Oberkörper wachsen nach oben in den Himmel, deine Wurzeln, also deine Beine, wachsen nach unten Richtung Erde, um dich sicher festzuhalten. Wenn du dabei tief einatmest, merkst du, wie dein Atem vom Bauch in den Oberkörper fließt und deinen aufrechten Sitz stützt. Beim Ausatmen fließt dein Atem nach unten und lässt den unteren Rücken lang werden.

Oder stelle dir vor, an deinem Kopf ist oben wie bei einer Marionette eine Schnur befes-

tigt, die dich mit der Einatmung sanft nach oben zieht. Auch dann richtest du dich automatisch auf (beide Bilder aus: Sally Swift, *Reiten aus der Körpermitte*, Müller Rüschlikon). Achte beim Aufrichten auch auf deinen Kopf: Blicke geradeaus, nicht nach unten. Der Kopf ist schwer, und wenn du ihn halten musst, weil er nicht in Balance ist, kannst du dich bis ins Becken hinunter verspannen.

Du spürst nicht, wann und ob du gerade sitzt? Mache die Gleichgewichtsübung von S. 11 nun im Sattel. Lehne dich mit dem Oberkörper im Sattel leicht vor, dann zurück, bis du die perfekte Mitte gefunden hast. Neige dich nach rechts und links, bis du auch hier im Gleichgewicht bist. Deine Reitlehrerin wird dir sagen, ob dein Gefühl stimmt.

Beine und Arme

Und wie schaffst du es, dass deine Beine lang nach unten hängen und sich nicht anklammern? Ins Klammern gerät man vor allem in höherem Tempo, also Trab und Galopp. Deshalb üben wir zuerst nur im Schritt.

Stelle dir vor, dass Wasser durch deine Beine strömt, von deinem Becken durch die Oberschenkel, die Unterschenkel und nach unten auf den Boden. Fühlst du, wie deine Beine locker und schwer werden? Stelle dir vor, deine Fußsohlen werden von der Erde magnetisch angezogen. Drücke deine Fersen aber nicht nach unten, dadurch wird nur dein Unterschenkel fest und verkrampft. Es reicht, wenn der Fuß waagrecht ist. Die Zehenspitzen dürfen leicht nach außen zeigen. Wackle

Lockere die Schultern, indem du sie hochziehst und fallen lässt.

ein bisschen mit den Zehen, das lockert deine Fußgelenke.
Die Arme haben erst mal nur eine Aufgabe: Sie hängen locker aus den Schultern nach unten. Damit sie das gut können, ziehe die Schultern ein paar Mal betont hoch und lasse sie nach unten fallen.

Diese Gedankenbilder kannst du dir natürlich nicht alle auf einmal vorstellen. Merke dir die Bilder, die für dich am besten passen. Am Anfang der Stunde, wenn das Pferd steht, kannst du in Gedanken deinen Körper einmal langsam von oben bis unten „durchfühlen", bis du aufrecht und sicher sitzt. Im Verlauf der Stunde denke dann immer mal an eins der Bilder und achte entweder auf das Wachsen nach oben, auf deine Beine oder auf deine Arme. Versuche, in jeder Stunde mehrmals in dein Zentrum zu kommen, also nach unten zu deiner schweren Kugel zu atmen.

Fühl doch mal: Übungen im Führen

Im Stehen hast du ausprobiert, wie du möglichst tief und aufrecht im Sattel sitzt. Nun sollte ein Helfer dein Pferd einige Runden im Schritt führen. Oder deine Reitlehrerin nimmt dich an die Longe.
Der Schritt ist eine schreitende Gangart im Viertakt ohne Schwungphase. Immer zwei oder drei Beine bleiben am Boden.
Wenn das Pferd antritt, merkst du vielleicht, wie du wieder ins Wanken gerätst. Nicht schlimm. Denke ans Wachsen nach oben und unten und lasse Beine und Arme locker hängen. Atme ein paar Mal in deinen unteren Bauch. Hilfreich ist auch, wenn du einmal kräftig ausatmest, so als würdest du einige Kerzen auspusten. Dabei wird dein unterer Rücken automatisch länger.
Falls du beim Anreiten leicht nach vorn fällst, probiere einmal dieses Bild von Joni Bentley:

Stelle dir vor, zwischen Pferdehals und deiner Vorderseite wäre ein großer, unsichtbarer Ball, der dich weich stützt.

Lenke deine Aufmerksamkeit jetzt zu deinem Po. Versuche mit ihm zu fühlen, wie sich die Hinterbeine des Pferdes bewegen. Wenn das Pferd sein rechtes Hinterbein aufsetzt und Gewicht aufnimmt, hebt sich seine rechte Rückenhälfte und damit auch deine rechte Pobacke. Am Ende des Schritts schwingt das Pferdebein wieder vor. In dieser Phase senkt sich die rechte Rückenhälfte und mit ihm deine Pobacke. Auch dein rechtes Bein sinkt tiefer, es federt nach unten bis in deine Ferse.

Konzentriere dich zuerst nur auf deine rechte Hälfte (Pobacke und Bein). Wenn du fühlst, wie dein Po sich auf und ab bewegt, versuche das Gleiche mit deiner linken Pobacke zu fühlen. Beobachte dann die ganze Bewegung. Wenn deine rechte Pobacke sich senkt, hebt sich gleichzeitig deine linke und andersrum. Diese kleine Wellenbewegung setzt sich bis in deine Zehenspitzen fort. Denke daran: nur fühlen, lass dich vom Pferd bewegen. Versuche nicht, die Bewegung vorwegzunehmen. Es ist wichtig, dem Rhythmus des Pferdes zu folgen, sonst störst du seinen Takt.
Wenn du das rechts/links hast, ist das schon super!

Wenn das rechte Hinterbein vorschwingt, sinken deine rechte Pobacke und dein rechtes Bein.

Schwingt das linke Hinterbein vor, sinkt deine linke Pobacke.

Mit dieser Übung wird dein unterer Rücken lang und gerade.

Der Pferderücken bietet im Schritt aber noch mehr Bewegung: Vielleicht merkst du, dass dein Becken nicht nur abwechselnd nach rechts und links kippt, sondern dass es sich auch vor- und zurückbewegt. Es fühlt sich ein bisschen so an, als würdest du mit deinen Sitzbeinknochen rückwärts Fahrrad fahren. Aber nicht mit dem Po schieben, nur bewegen lassen. Wenn das Pferd noch nicht frei schreitet, ist dieses Rollen nur eine kleine Bewegung.

Die komplette Beckenbewegung im Schritt ist so, als würdest du auf einer liegenden Acht sitzen: Erst beschreibt deine rechte Beckenhälfte einen kleinen Bogen nach rechts unten, dann deine linke einen Bogen nach links.

Das ist dir zu kompliziert? Du kannst dir auch vorstellen, dass dein Po mit dem Pferderücken tanzt, ganz leicht und ohne Druck. Bei jedem Schritt machst du mit deinem Po höflich Platz für den sich abwechselnd hebenden Pferderücken.

Wenn du richtig mit dem Pferd mitschwingst, werden seine Schritte frei und weit. Ein schönes Bild dazu ist auch: Fließe nach vorn, schwinge so weich mit, als wärst du ein Pudding.

Noch ein Wort zu den Sitzbeinknochen. Oft liest man, dass es gut ist, wenn man sie die ganze Zeit deutlich spürt. Doch wenn dies der Fall ist, sitzt du eher im Hohlkreuz – was für dein Pferd nicht so angenehm ist, denn auch das spürt deine Knochen beständig.
Hier zwei Übungen, die den unteren Rücken lang machen und das Becken aufrichten, sodass du die Sitzbeinknochen etwas weniger stark merkst:

- Lege deine Beine vorne über die Sattelpauschen. So ist dein unterer Rücken automatisch lang und gerade. Lasse dich so ein paar Runden im Schritt führen. Dein Atem fließt dabei: Schicke ihn beim Ausatmen nach unten in dein Becken, mit dem Einatmen richtest du dich etwas auf, leicht und frei. Nimm anschließend die Beine wieder nach unten, verändere aber nicht deine Po-Position im Sattel. Nun müsstest du tiefer im Sattel sitzen, dein Hintern hat mehr Kontakt und deine Oberschenkel liegen weiter vorn am Vorderzwiesel.
- Strecke im Schritt einen Arm nach oben, wachse mit den Fingern zum Himmel und mit dem gleichseitigen Bein nach unten. Spüre, wie du groß wirst, deine Rippen sich öffnen und du tief atmen kannst. Dann wechsle den Arm. Versuche, das lang gezogene Gefühl zu behalten, wenn die Arme wieder unten sind.

Du hast trotz der Übungen noch immer das Gefühl, etwas steif im Sattel zu sitzen? Das kann passieren, wenn man zu viel denkt und alles richtig machen möchte. Du brauchst Abwechslung. Lasse dich draußen im Gelände führen. Dort gehen viele Pferde freier, und du fühlst die Bewegung besser. Außerdem gibt

Ein kleiner Ausflug bringt Abwechslung und hilft, wenn du zu viel nachdenkst.

es etwas zu sehen. Vielleicht ist in der Nähe auch ein kleiner Hügel? Bergab und bergauf spürst du das rechts und links besonders gut. Lehne dich bergauf etwas vor und bergab zurück. Das lockert deine Mitte.

Auch im Schritt kannst du noch mal mit deinem Köper experimentieren. Lehne dich zurück oder vor. Mache einen Buckel oder gehe bewusst ins Hohlkreuz. Lege die Schenkel weit vor oder zurück. Belaste mal den einen, mal den anderen Bügel stärker. Du wirst merken, dass du den Pferdebewegungen nicht so gut folgen kannst, wenn du die gerade Achse verlässt. Vielleicht bleibt dein Pferd sogar stehen. Aber indem du dich hin und her bewegst, spürst du besser, wann du richtig sitzt – denn dann ist alles ganz leicht. Und auch dein Pferd wird besser vorwärtsgehen.

Probier's mal ohne

Viele träumen davon, mit möglichst wenig Ausrüstung zu reiten, gerade im Sommer. Im Galopp übers Feld? Ein großer Spaß, aber dafür müssen wir noch ein bisschen üben.

Ohne Sattel zu reiten ist in jedem Fall eine gute Sitzschulung. Dir wird keine Sitzform vorgegeben und du kannst dich nicht in den Bügeln abstützen. Außerdem gibt es zwischen dir und dem Pferd keinen Sattelbaum oder dicke Polster, du fühlst alle Bewegungen sehr deutlich. Das gilt allerdings auch umgekehrt. Wenn das Pferd einen gesunden Rücken hat, wird es sich schnell daran gewöhnen. Ein Reitpad mindert den Druck deiner Sitzknochen, außerdem rutscht du dann nicht ganz so leicht wie auf dem glatten Fell.

Praktischerweise sitzt du ohne Sattel meist in idealer Position auf dem Pferderücken, direkt hinter dem Widerrist.

Lasse dich im Schritt über den Reitplatz führen. Die Arme hängen einfach locker herunter. Spüre die Schwingung des Pferderückens. Kannst du mit deinem Becken „mitlaufen"? Denke immer nach vorn, das ist wichtig. Schließe die Augen. Sind die Klötzchen in deinem Oberkörper in Balance übereinander? Deine Beine hängen wahrscheinlich automatisch lang nach unten, da die Bügel fehlen. Genieße die Wärme des Fells, fühle, wie die Pferdemuskeln sich unter dir an- und entspannen. Reite ruhig mehrere Runden, damit du gut in die Bewegung findest.

Ohne Sattel erfühlst du auch leichter die Gewichthilfen, z. B. in den Kurven. Wenn du gerade sitzt und deinen Oberkörper leicht mit in die Kurve drehst, wird automatisch dein innerer Sitzknochen etwas stärker belastet (siehe auch S. 78).

Das „Bareback Riding" (engl. für „sattellos") ist darüber hinaus eine Vertrauensübung für dein Pferd und dich. Schließlich vertraust du darauf, dass dein Pferd keinen plötzlichen Hüpfer zur Seite macht. Wenn du ein ruhiges, erfahrenes Pferd hast, kannst du dich auch

Ein Sommergalopp über die Wiese. Die Reiterin sollte trotzdem einen Helm tragen!

Mit einem erfahrenen Pferd ist das eine tolle Vertrauensübung.

Mika kuschelt sich eng an Ostwind und genießt die Nähe.

mal vorsichtig nach hinten auf den Pferderücken legen. Natürlich nur, wenn das Pferd steht. Das öffnet deine Schultern und deinen Brustkorb, und du erlebst eine ganz neue Perspektive.

Nachdem du dich wieder aufgerichtet hast, lehne dich weit nach vorne und umarme den Pferdehals. Genieße die Nähe, erschnuppere den Duft der Mähne.

Auch wenn dir das Reiten ohne Sattel anfangs komisch und vielleicht auch schwierig vorkommt: Wenn du es öfter machst, gewöhnst du dich schnell daran und wirst immer sicherer. Allerdings solltest du aus Rücksicht auf den Pferderücken nicht mehrmals in der Woche und nicht zu lange ohne Sattel reiten. Ohne Sattel traben und galoppieren kannst du versuchen, wenn du diese Gangarten mit Sattel sicher beherrschst. Der Galopp ist gar nicht so schwierig …

Da war noch was: die Zügel

Bisher sind wir einige Wochen an der Longe oder geführt ohne jeden Zügelkontakt geritten. Aber wenn wir selbstständig reiten wollen, brauchen wir natürlich irgendwann die Zügel, um das Pferd zu lenken – auch wenn der Zügeleinsatz weit geringer ist, als man oft denkt. Ganz viel kannst du dem Pferd nämlich allein über deinen Sitz sagen. Speichere also schon mal ab: wenig mit den Zügeln machen.

Das Wichtigste ist, eine weiche, leichte Verbindung zum Pferdemaul zu finden. Das geht nur, wenn du die Hände ruhig halten kannst. Und ruhig kannst du sie nur halten, wenn dein Körper locker mitschwingt. Deshalb ist ein guter Sitz so wichtig. Ruhig heißt aber nicht still: Deine Hände gehen immer leicht in der Pferdebewegung mit, sodass es nur von außen so aussieht, als würden sie sich nicht bewegen.

Mit der „Kaugummi-Übung" erreichst du die richtige Armposition.

Lockere im Sattel zuerst noch einmal deine Arme und Schultern:

- Lasse die Arme herunterhängen und schwinge sie leicht vor und zurück. Dann drehe die Handflächen (plus Arm) langsam nach vorne außen, nach hinten außen. Das lockert das Schultergelenk und die Arme.
- Mache die Kaugummi-Übung: Tue so, als würde rechts und links ein Kaugummi auf deiner Schulter kleben, das du langsam nach außen abziehst. Nur so weit, bis die Ellbogen noch leicht gebeugt sind. Dann führst du sie nach unten und vorn, dass du die Zügel fassen kannst. Jetzt haben deine Schultern und Arme die richtige Position (aus Peggy Cummings: *Connected Riding*, Kosmos).

Nimm die Zügel in die Hände, und zwar so: Der Zügel läuft zwischen deinem kleinen Finger und dem Ringfinger in die Hand, kommt oben aus deiner sanften Faust und wird vom Daumen gehalten. Balle keine starre Faust, sondern fasse die Zügel so, als hättest du eine Wattekugel in der Hand. Die Fäuste sind aufrecht. Deine Arme bilden eine Verlängerung der Zügel.

Nimm die Zügel nun so weit an, dass du eine

Suche Kontakt zur Pferdenase. Auch hierbei kannst du noch geführt werden.

leichte Verbindung zum Pferdemaul spürst. Gar nicht so einfach, über die Länge des Zügels etwas zu fühlen! Stell dir vor, du willst nur einen sanften Kontakt zum Maulwinkel. Bei einer gebisslosen Zäumung nimmst du leichten Kontakt zur Pferdenase auf.

Hält dein Pferd den Kopf tief, kannst du die Fäuste links und rechts neben den Widerrist sinken lassen. Trägt es den Kopf höher, halte sie eine Handbreit über dem Widerrist.

Wenn dein Pferd im Schritt losgeht, wirst du merken, dass es rhythmisch mit dem Kopf nach vorne/unten nickt. Dieser Bewegung folgst du mit lockeren Armen und Schultern. Du lässt also auch deine Arme vom Pferd bewegen. Euer Kontakt über den Zügel ist wie über ein weiches Gummiband.

Damit du nicht in die Versuchung kommst, die Zügel zu nah an den Körper zu ziehen, stelle dir vor, du würdest ein Geschenk vor dir hertragen. So hältst du die Hände etwas weg vom Körper und gehst fühlend zum Pferdemaul vor.

Wenn das Pferd locker ist, streckt es im Schritt irgendwann seine Nase weiter vor und drückt sanft gegen das Gebiss oder den Nasenriemen: Es „zieht nach vorn“. Das ist kein Ruck und auch kein starker Druck.

Dein Pferd trägt den Kopf eher hoch und entspannt sich nicht? Vielleicht hat es mit dem Gebiss schlechte Erfahrungen gemacht oder braucht einfach etwas Zeit, um loszulassen. Du kannst deinem Pferd in die Entspannung helfen, indem du sanft die Zügel streichst: Deine Hände sind wie Kämme, und sie streichen abwechselnd ganz leicht von oben durch die beiden Zügel, von vorn (Pferdehals) nach hinten (zu deinem Bauch). Mache das ruhig ein bis zwei Runden oder so lange, bis du merkst, dass dein Pferd den Hals etwas tiefer hält, ihn „fallen lässt". Streiche zwischendurch sanft über seinen Hals die Schulter entlang nach unten, auch das unterstützt das Loslassen beim Pferd. Kleiner Nebeneffekt: Du lockerst ebenfalls deine Schultern und bist nicht starr.

Mit „Zügelstreichen" bekommst du einen guten Kontakt zum Pferdemaul.

Mit dem Zügelstreichen kannst du auch aufgeregte Pferde beruhigen.
Wenn du es schaffst, im Schritt in der Bewegung mitzuschwingen und einen sanften Zügelkontakt zu halten, bist du schon einen großen Schritt weiter zum freien, leichten Reiten!

Das Pferd lässt den Hals fallen und zieht nach vorn.

Am Zügel

Bis das Pferd so fein „am Zügel" oder „durchs Genick" läuft, braucht es langes Training.

Sicher hast du schon mal gehört, dass das Pferd „am Zügel" oder „durchs Genick" gehen soll. Damit ist gemeint, dass der Vorwärtsschub des Pferdes (aus der Hinterhand) sanft mit dem Zügel aufgefangen wird, sodass es sich ein wenig aufrichtet und gleichzeitig die Nase senkt, bis kurz vor der Senkrechten.

Für Reitanfänger ist diese „Beizäumung" noch nicht wichtig. Das Pferd darf bei dir ruhig die Nase vorstrecken und den Hals eher gerade halten, das ist in Ordnung. Die Kopfhaltung allein sagt auch überhaupt nichts darüber aus, ob das Pferd richtig geritten wird. Oft wird nämlich einfach der Kopf mit Zügelzug heruntergezogen. Das ist falsch und zudem unangenehm für das Pferd.

Go and Stop

Anreiten

Bisher hat deine Führperson das Pferd in den Schritt gebracht. Das willst du natürlich auch selbst schaffen – kein Problem.

Du stehst also mit deinem Pferd auf dem Reitplatz. Gehe in Gedanken zu deinem Zentrum, der schweren Kugel. Atme ein paar Mal tief hinein, um deinen unteren Rücken lang zu machen. Gleichzeitig sinken deine Beine am Pferdebauch hinab Richtung Boden. Zum Anreiten stelle dir beim nächsten Atemzug vor, dass die Luft mit dem Einatmen schwungvoll durch die Kugel saust und sie nach vorn/oben verlässt – du schickst also deine Energie aus dem Zentrum voraus. Gleichzeitig spannst du kurz die Wadenmuskeln an und „hebst" mit deinen Unterschenkel den Pferdebauch an. Damit aktivierest du die Bauchmuskeln des Vierbeiners und sagst ihm: „vorwärts". Stelle dir vor, wie er dir seinen Rücken entgegenwölbt. Sobald das Pferd antritt, sind deine Waden wieder ganz weich und federn mit. Denke daran, auch deine Arme mit vorgehen zu lassen, denn das Pferd streckt beim Losgehen seinen Kopf vor.

Sei nicht enttäuscht, wenn es nicht gleich klappt. Es ist nicht einfach, das alles richtig zusammenzubringen. Und deine Beine müssen sich erst daran gewöhnen, lang und tief hinter dem Sattelgurt zu bleiben. Achte darauf, nicht die Fersen anzudrücken und/oder die Knie hochzuziehen.

Es kann sein, dass dein Pferd diese Hilfe erst mal nicht richtig versteht, weil es bisher immer mit vorgedrücktem Po „angeschoben" wurde. Ein kurzer Tick mit der Gerte kann das Losgehen dann unterstützen. Übe geduldig, du kriegst den Dreh raus.

Wenn du später in den Trab wechseln willst, ist es ähnlich: Du schwingst im Schrittrhythmus mit. Schicke Energie aus deinem Zentrum nach vorn und vibriere kurz mit beiden Schenkeln, als wolltest du den Bauch anheben – das Pferd sollte antraben.

Deine Unterschenkel „heben" den Pferdebauch an und schicken den Vierbeiner los.

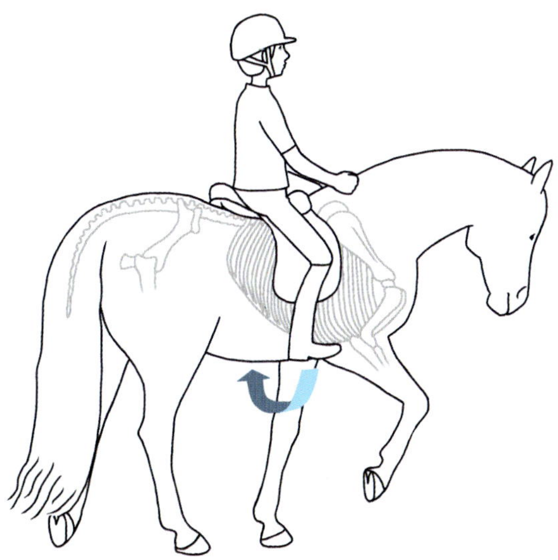

Treiben

So, dein Pferd ist losgegangen. Es schreitet fleißig voran? Prima, dann fühle dich ein und schwinge rechts/links mit, weiter ist nichts zu tun.

Das Tempo deines Pferdes gleicht eher dem einer Schnecke? Dann ist es schwieriger, sich einzufühlen. Probiere es trotzdem, denke an kleine Bewegungen mit deinem Becken. Gib dem Pferd Zeit, seinen Rhythmus zu finden, es darf die ersten Runden ruhig langsam gehen. Versuche dann, das Schritttempo etwas frischer zu gestalten. Dazu treibst du wechselseitig. Wenn du richtig mitschwingst, sinkt abwechselnd eine Pohälfte mit dem entsprechenden Bein nach unten – und wird fast schon automatisch an den Pferdebauch gezogen (siehe Fotos auf S. 65). Wenn dein Bein am tiefsten Punkt ist, streiche oder titsche leicht mit der Wade (nicht mit der Ferse!) an den Pferdebauch. Es ist nur ein kurzes Anstupsen. Die Wade ist durch das Federn nach unten leicht angespannt, wird aber sofort wieder locker. Gleich danach sinkt dein anderes Bein zusammen mit deinem Po, und du stupst die andere Bauchseite an.

Oft wird versucht, mit der Ferse zu treiben. Aber dann ziehst du das Knie hoch und ver-

Das Bein bleibt lang beim Treiben, du ziehst nicht die Fersen hoch.

Innen und außen

Im Reitunterricht wirst du immer wieder hören, dass du etwas mit dem inneren oder äußeren Zügel oder dem inneren oder äußeren Schenkel tun sollst. Was genau heißt das? „Innen" ist immer das, was zur Bahnmitte zeigt. Reitest du rechtsherum, ist der rechte der innere Zügel, der linke der äußere. „Außen" ist das, was zur Bande oder zum Zaun gerichtet ist: Links herum ist deine rechte Hand die äußere und der linke Schenkel dein innerer. Alles klar?
Im Reiten heißt es übrigens nicht „rechtsherum", sondern: auf der rechten Hand reiten. Linksherum reitet man auf der linken Hand.

Ausatmen, schwer hinsetzen, Zügel stehen lassen: Das Pferd hält an.

krampfst. Oder die Beine werden abwechselnd fest angedrückt, wodurch man sich selbst und die Pferdebewegung blockiert und sich aus dem Sattel hebt.
Also Po weich lassen, mitschwingen und das Bein nach unten federn lassen, dann ergibt sich das richtige Treiben wie von selbst.
Anfangs brauchst du etwas Zeit, bis du den Ablauf verstanden hast. Ganz wichtig: Treibe nicht die ganze Zeit, sonst stumpft das Pferd ab! Macht es etwas größere Schritte, stupse es nicht mehr an, sondern schwinge nur aus dem Sitz mit, das reicht als Einwirkung.

Anhalten

Irgendwann willst du sicher auch wieder anhalten. Natürlich nicht, indem du an den Zügeln ziehst und dich zurücklehnst! Das machen nur Cowboys in schlechten Filmen. Schonender geht es so: Während du im Schritt weich mitschwingst, denkst du wieder an deine Kugel im Bauch. Atme tief aus, sodass dein Becken etwas mehr abkippt (dein unterer Rücken wird gerader). Das meint dein Reitlehrer, wenn er sagt, dass du dich schwer hinsetzen oder das Kreuz anspannen sollst. Gleichzeitig gehst du mit den Händen nicht

mehr in der Nickbewegung mit, sondern lässt sie einfach stehen. Unterstützend sagst du mit ruhiger Stimme „Haaaalt!".
Daraufhin sollte das Pferd anhalten.
Das Anhalten klappt wahrscheinlich nicht gleich perfekt, möglicherweise geht das Pferd auch einfach weiter. Kein Grund, panisch am Zügel zu ziehen. Probiere es einfach noch mal, bald wird dein Pferd verstehen, was du möchtest.

In Kurven kommt man leicht in die Versuchung, am inneren Zügel zu ziehen.

Kurven und Kreise

Auf dem Reitplatz geht es nicht nur geradeaus, irgendwann musst du auch um die Kurve reiten. Übe das Abwenden am besten zuerst ohne oder nur mit minimaler Zügeleinwirkung. So merkst du besser, ob deine Hilfen aus dem Sitz richtig sind. Mit Zügelzug kannst du das Pferd nämlich trotz falscher Hilfen in die gewünschte Richtung ziehen.
Am wichtigsten ist die richtige Gewichtshilfe, das andere ergibt sich fast von selbst. Du verlagerst dein Gewicht immer leicht in die Richtung, in die du abwenden möchtest. Reitest du eine Kurve nach rechts, belastest du also den rechten Gesäßknochen etwas stärker. Knicke dabei aber nicht in der rechten Hüfte ein. Stelle dir lieber vor, du bist wie eine Litfaßsäule, die sich nach rechts dreht. Dieses Bild hilft dir, gerade zu bleiben und nicht einzuknicken.

Das Pferd will das Gleichgewicht wieder herstellen und geht nach rechts, unter das verschobene Gewicht. Das ist so, als würdest du ein kleines Kind auf den Schultern tragen, das sich plötzlich nach rechts lehnt. Du würdest automatisch einen Schritt nach rechts machen, um wieder unter das Gewicht zu kommen.
Reite zunächst einfach außen herum um die Reitbahn. Mit den Zügeln hältst du eine weiche Verbindung, sie sind aber recht lang. Nun kommt bald die erste Ecke. Das Pferd wird hier nicht schön gebogen durchgehen, aber es wird abwenden. Du wendest mit ab, und zwar so: Geht es rechtsherum um die Kurve, stelle dir vor, dass dein Bauchnabel leicht

nach rechts schaut, in Richtung der Kurve. Dein rechtes Bein sinkt dadurch tiefer, der rechte Bügel wird etwas mehr belastet, gleichzeitig bewegt sich dein linkes Bein leicht nach hinten.

Drehe den Oberkörper wirklich nur leicht, sonst verdrehst du dich. Deine Schulter bleibt ungefähr parallel zu einer gedachten Linie zwischen den Pferdeschultern. Das ist der richtige „Drehsitz".

In einer Kurve verliert ihr beide etwas an Schwung. Dein rechtes Bein erhält den Fluss der Hinterbeine, indem es sich weich und tief an den Pferdebauch schmiegt und im Rhythmus „titscht". Dein linkes Bein, das etwas weiter hinten liegt, begrenzt nur den Energiefluss und leitet ihn in die Kurve.

Ganz schön schwierig? Steige ab und probiere es zunächst mit ein paar Trockenübungen am Boden.

Zur Drehung

Stelle dich schulterbreit hin und beuge leicht die Knie, als wenn du auf dem Pferd sitzen würdest. Dein Oberkörper zeigt gerade nach vorne, die Hände trägst du vor dem Bauch,

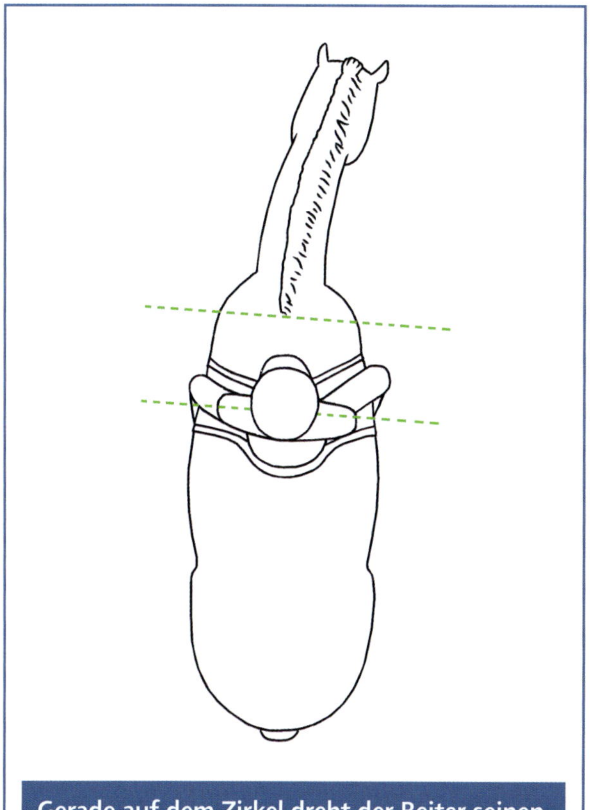

Gerade auf dem Zirkel dreht der Reiter seinen Oberkörper nur wenig, nie mehr als die (gedachte Linie durch die) Pferdeschulter.

Trockenübung für den Drehsitz: Deine Beine kommen automatisch in die richtige Position.

als würdest du die Zügel halten. So bist du in der Bahn geradeaus geritten. Nun kommt die Kurve nach rechts. Drehe dich aus deiner Körpermitte, dem unteren Bauch, in Richtung der Wendung. Du merkst nun, dass dein linker Schenkel sich ein Stück hinter deinem Oberkörper befindet, dein rechter etwas weiter vorn. Er kann bloß nicht sinken, da du ja auf dem Boden stehst. So drehst du richtig.

Zur Gewichtsverlagerung

Probiere auf einem Stuhl aus, wie sich dein Gewicht auf den Gesäßknochen verschiebt.

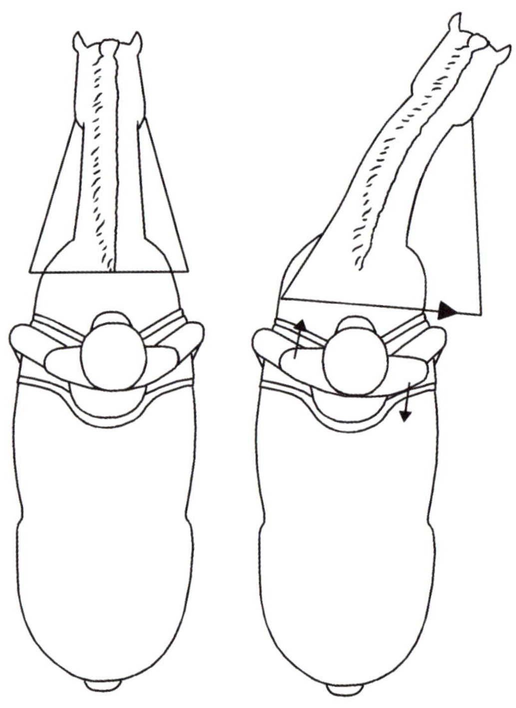

Lenken mit dem Zügeldreieck: In der Kurve verschiebst du nur deine Hände, zusammen mit deinen Schultern.

Setze dich vorn auf eine Stuhlkante, die Beine auseinander, als würdest du auf dem Pferd sitzen. Schiebe die Hände rechts und links unter den Po. Drehe nun wie eine Drehsäule nach rechts. Spürst du, wie der Druck auf dem rechten Gesäßknochen stärker wird? Versuche das Gleiche nach links.
Du kannst auch im Sattel mit den Händen prüfen, ob du das Gewicht richtig verlagerst.

Nun kommen wir noch zu den Zügeln. Praktisch ist, dass sich aus dem richtigen Drehsitz auch die richtigen Zügelhilfen ergeben. Corinna Lehmann (*Bausteine Dressurreiten*, Müller Rüschlikon) erklärt sehr schön, dass man beim Lenken zunächst nur ein „Zügeldreieck“ verschiebt. Auf der Geraden bilden deine beiden Hände rechts und links neben dem Pferdehals nämlich ein Dreieck mit dem Pferdemaul. In einer Rechtskurve drehst du deinen Oberkörper leicht nach rechts und verschiebst damit automatisch auch das Zügeldreieck nach rechts. So legt sich der linke Zügel mit deiner Hand an den Pferdehals und unterstützt das Abwenden, der rechte Zügel weist nach rechts, er öffnet quasi die Tür nach rechts. Der rechte Zügel zieht NICHT zurück, damit würdest du die Bewegung abwürgen.

Es wird eine Weile dauern, bis du das alles koordinieren kannst, es ist nämlich wirklich viel auf einmal. Fange, wie oben beschrieben, erst einmal ohne Zügelhilfen an und versuche, das Pferd nur über das Gewicht abzuwenden. Es ist egal, wenn es dabei nicht gebogen ist. Reite zunächst nur die ganze Bahn mit den Ecken, die das Abwenden vorgeben. Wenn du ein Gefühl dafür bekommen hast, was dein Körper machen muss, kannst du auch an anderen Stellen abwenden. Nur nicht zu schnell hintereinander, denn du musst dich ja auf jedes Abwenden vorbereiten. Vielleicht klappt das anfangs nicht gut, da dein Pferd gewohnt ist, dass ihm beim Abwenden jemand im Maul zieht. Reagiert es auch nach mehrmaligem Versuch gar nicht, darfst du unterstüt-

Timing

Du weißt jetzt, dass sich die meisten Hilfen (Schenkel, Zügel) von selbst aus deinem Sitz ergeben, wenn du locker und geschmeidig der Pferdebewegung folgst. Schwierig ist aber, auch komplizierte Hilfen, wie z. B. die zum Angaloppieren oder für Seitengänge, zum richtigen Zeitpunkt zu geben, sodass das Pferd immer im Fluss bleibt. Du musst erfühlen, wann genau du was machen musst, wann du bestimmte Muskeln an- und entspannst, wann deine Hand leicht vorgeht oder stehen bleibt. Das nennt man „Timing". Das richtige Timing ist genauso wichtig bei der Boden- oder Freiarbeit oder dem Longieren. Um die Hilfen genau zum richtigen Zeitpunkt und in der richtigen Dosierung zu geben, brauchst du jahrelange Erfahrung. Sei deshalb nicht enttäuscht, wenn schwierigere Lektionen nicht gleich gelingen.

Für schwierige Lektionen wie Trabtraversalen brauchst du ein gutes Timing.

zend am inneren Zügel nach innen zupfen (Tür auf), NICHT zurückziehen.
Später kannst du auch mal versuchen, das Pferd auf einem großen Kreis, einem Zirkel, zu reiten. Anfangs ist es für Reiter und Pferd einfacher, sich einen Kreis mit vielen Ecken vorzustellen, an denen du immer wieder leicht abwendest, um eine ungefähre Kreislinie zu erhalten. Wenn du irgendwann einen wirklich runden Zirkel wie oben beschrieben reiten kannst, bist du schon sehr weit! Dann nimmst du auch die Hände näher zusammen. Der äußere Zügel sorgt weiter dafür, dass das Pferd in der Biegung bleibt, der innere kümmert sich dann um die richtige Stellung – die ist aber für Anfänger noch nicht wichtig.

Ruckelt anfangs: der Trab

Wenn dein Pferd das erste Mal antrabt, wirst du dich wundern, wie stark sich der Pferderücken plötzlich bewegt. Der Trab ist nämlich eine Zweitakt-Gangart, bei der die diagonalen Beinpaare abwechselnd vorschwingen. Dazwischen gibt es eine kurze Schwebephase. Anfangs kannst du den Schwung noch nicht mit dem Becken abfangen. Du bekommst von unten einen Stoß, fliegst hoch und landest gegen die Bewegung wieder auf dem Pferderücken. Dieser Plumps tut dem Pferd weh, es spannt den Rücken an, und jetzt wirst du wie auf einer straff gespannten Trommel noch höher geworfen ... ein Teufelskreis. Deshalb ist es am Anfang besser und pferdeschonen-

Klein, aber oho

Wenn du fein reiten willst, versuche, dein Pferd mit kleinen Bewegungen zu dirigieren, also leichte Hilfen zu geben. Dein Pferd merkt schon winzigste Muskelanspannungen. Ein Versuch: Setze dich auf einen Stuhl und lege eine Hand unter deinen Oberschenkel. Spanne ganz, ganz leicht die Muskeln an. Oder denke einfach nur z. B. an deinen rechten Oberschenkel. Du wirst dich wundern, was du noch fühlst, auch wenn du denkst, du machst (fast) nichts. Erinnere dich daran, wenn du später Reiterhilfen gibst, egal ob mit deinem Gewicht, Beinen oder Händen. Oft reagieren Pferde erst mal nicht so gut auf feine Hilfen, weil sie von anderen Reitern mit viel Kraft geritten wurden. Es kann sein, dass du eine Hilfe deshalb erst mal deutlicher – nicht grob! – geben musst, damit das Pferd versteht. Versuche aber schon beim nächsten Mal, sanfter einzuwirken.

der, wenn du im leichten Sitz reitest. Diesen Sitz brauchst du auch für den Galopp und im Gelände.

Du kannst den leichten Sitz zu Hause vor dem Spiegel üben. Stelle dich seitlich zum Spiegel, die Füße etwas mehr als schulterbreit auseinander. Gehe leicht in die Knie und tue so, als wenn du aufrecht im Sattel sitzt, die Hände trägst du vor dem Bauch. Nun neigst du deinen Oberkörper etwas nach vorn und schiebst deinen Po zurück. Der Rücken bleibt gerade. Hüft-, Knie- und Fußgelenk sind nun stärker gebeugt, das heißt, sie haben mehr Knick. Bleibe mit den Schultern ungefähr über deinen Knien, so bist du stabil im Gleichgewicht. Nun weißt du, wie sich der leichte Sitz anfühlt.

Den leichten Sitz kannst du zuerst am Boden üben.

Indem du dein Gesäß ein wenig aus dem Sattel hebst, entlastest du den Pferderücken. Du trägst dein Gewicht mit federnden Knie- und Fußgelenken in den Steigbügeln.

So, nun geht es aufs Pferd. Schnalle die Bügel ca. drei bis vier Loch kürzer als normal. Nimm die Steigbügel unter dem Balancepunkt

Balancepunkt

Diesen Punkt unter dem Fuß findest du, wenn du den Fuß mit zwei Linien teilst: Eine Linie verläuft zwischen deinen Zehen nach unten und teilt ihn in eine rechte und linke Hälfte. Die andere Linie teilt den Fuß quer direkt hinter dem Fußballen. Der Kreuzungspunkt ist der Balancepunkt. Er vermittelt ein Gefühl von Sicherheit und Balance. Nimm den Steigbügel deshalb immer hier auf, nicht nur vorne am Ballen oder gar den Zehen!

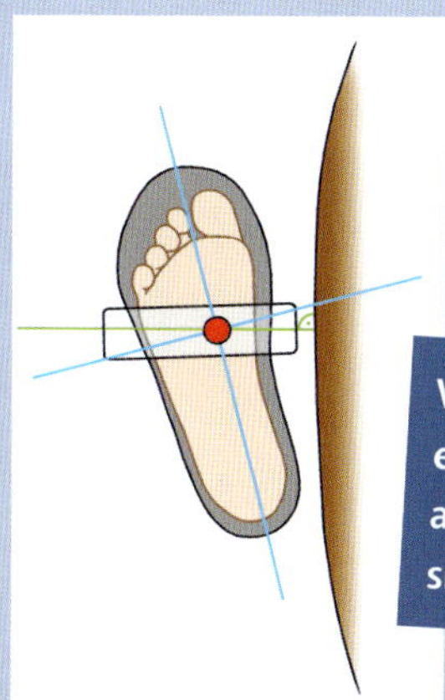

Wenn du die Bügel etwas weiter hinten aufnimmst, sitzt du sicherer.

Balancierter leichter Sitz im Trab. Der Po entfernt sich kaum vom Sattel, der Oberkörper kippt nicht nach vorn.

auf. Jetzt hebst du dein Gesäß ein wenig aus dem Sattel und neigst den Oberkörper vor. Er ist gerade und weit, nicht im Hohlkreuz.
Damit du stabil bleibst, stelle dir vor, dein Po zieht schräg nach unten zu den Hinterbeinen des Pferdes, dein Oberkörper wächst schräg nach oben zum Himmel. Deine Unterschenkel sind gerade unter deinem Schwerpunkt, die Knie haben Kontakt zum Sattel, klammern aber nicht. Die Hände darfst du im Stand rechts und links am Pferdehals ablegen, in der Bewegung trägst du sie wie gehabt. Diese Position ist durchaus anstrengend, übe daher immer nur in kurzen Einheiten.
Um den leichten Sitz in der Bewegung auszuprobieren, lasse dich an die Longe nehmen. Dann musst du das Pferd nicht gleichzeitig auch noch lenken.
Übe zunächst im Schritt, hier ist wie immer alles langsamer, und du hast mehr Zeit für die Koordination. Du brauchst keine Zügel. Nimm den leichten Sitz ein und reite im

Schritt los. Spüre, wie dein Gewicht über deine Knie nach unten bis in die Fußgelenke federt. Kannst du deinen leicht vorgeneigten Oberkörper ausbalancieren? Du musst deinen Po nicht krampfhaft oben halten, er wippt im Rhythmus deiner nach unten federnden Beine leicht auf und ab. Achte darauf, dass deine Unterschenkel nicht nach hinten wegrutschen, sondern gerade unter deinem Schwerpunkt bleiben.

Spiele mit dem Winkel deines Oberkörpers. Tue so, als würdest du unter tief hängenden Ästen durchreiten und beuge dich weit nach vorn. Deine Unterschenkel bleiben senkrecht unter dir. Richte dich wieder auf. Wiederhole das ein paarmal, bis du dich in jeder Position sicher fühlst.

Mache zwischendurch immer wieder Pausen und setze dich gerade in den Sattel, um deine Oberschenkel zu entspannen.

Nun spiele im leichten Sitz „Boxer". Mit weichen Fäusten boxt du im Rhythmus der Schrittbewegung. Entweder synchron, sodass der rechte Arm vorgeht, wenn das rechte Vorderbein des Pferdes vorschwingt. Oder – was leichter ist – nicht synchron, dass also dein rechter Arm mit dem linken Vorderbein des Pferdes vorschwingt. So lernst du zum einen, den Takt des Pferdes zu erfühlen. Zum anderen kannst du später den leichten Sitz sicher halten, auch wenn die Arme sich mit den Zügeln nach vorn bewegen.

Aus dem Boxen kann die Longenführerin das

„Boxe" abwechselnd mit den Armen vor, das schult Takt und Stabilität.

Pferd antraben lassen. Boxe weiter im Takt, der nun schneller ist. Dein Po wippt noch etwas mehr, deine Fersen federn weich nach unten durch. Vielleicht gerätst du anfangs automatisch ins Leichttraben oder plumpst in den Sattel zurück. Wachse schräg nach unten und oben, halte deine Beine stabil unter dir, Füße am Balancepunkt im Steigbügel. Dann wird es bald klappen. Ein schönes Video mit Sitzübungen im leichten Sitz findest du auf dem Youtube-Kanal von Katharina Möller.

Wenn du später selbstständig auch geradeaus reitest, prüfe, ob du gleich viel Gewicht in jedem Steigbügel hast. Oder trittst du einen Bügel stärker aus? Dann stelle dir vor, etwas

Leichttraben ist gar nicht so leicht.
Hier sind die Steigbügel etwas zu lang.

Gewicht von dem schwereren in das leichte Bein „umzuschaufeln“, sodass sich beide gleich schwer anfühlen.

Das Leichttraben zu lernen ist für dich jetzt kein großes Problem mehr. Übe wieder zuerst an der Longe. Die Bügel kannst du auf die normale Länge einstellen oder kurz lassen, es geht beides. Wenn das Pferd antrabt, bleibe die ersten zwei bis drei Schritte sitzen, dann stehe auf, wenn das äußere Vorderbein vorschwingt. Gleichzeitig schwingt nämlich das innere Hinterbein vor, du trabst also immer auf dem inneren Hinterbein. Schiele nur Richtung Pferdeschulter, um das Vorschwingen zu überprüfen, lehne dich nicht nach vorn oder außen.

Der Longenführer kann dir anfangs helfen, indem er „auf“ sagt, wenn du aus dem Sattel schwingen sollst.

Missverstanden wird oft das „Aufstehen“. Es heißt nicht, dass du kerzengerade aus dem Sattel aufstehst und dabei deine Hüfte vor den Oberkörper schiebst. Dann würdest du nämlich den Sattel stark nach unten drücken (unangenehm fürs Pferd) und außerdem leicht hinter die Bewegung kommen, wenn du wieder einsitzt.

Besser ist es so: Warte, bis du den Impuls zum Aufstehen spürst und lass deinen Po davon anheben. Er entfernt sich gar nicht weit vom Sattel, nur ein paar Zentimeter. Nimm den Oberkörper dabei leicht nach vorn. So gerätst du nie hinter die Bewegung, auch wenn das Pferd mal einen größeren Schritt macht. Sitze weich wieder ein, indem du den Schwung ein wenig mit den Knien abfederst. Versuche immer, wie eine Feder im Sattel zu landen, nur dann empfindet das Pferd das Leichttraben wirklich als leicht.

Eine Sitzübung, damit du die Bewegungsrichtung nach vorn/oben besser fühlst: Strecke die Arme vor und tue so, als ob du dich an einer Stange über dem Pferdehals festhalten würdest. So spürst du den richtigen Winkel und wirst locker.

Eine gute Koordinationsübung ist der Wechsel zwischen leichtem Sitz und Leichttraben: Bleibe zwei bis drei Tritte im leichten Sitz, dann trabst du zwei bis drei Tritte leicht, dann wieder leichter Sitz und so weiter.
Du solltest das Leichttraben so lange ohne Zügel üben, bis du die Hände dabei ruhig halten kannst. Sonst störst du das Pferd im Maul.
Du hast den Takt gefunden? Gratulation! Jetzt kannst du dein Pferd schon prima lösen, denn da du so weich sitzt, kann es mit schwingendem Rücken laufen.

Aussitzen

Für viele ist es die Krönung, wenn sie endlich im Trab aussitzen können. Für den Anfänger ist das aber noch gar nicht wichtig. Wenn du dein Pferd in einem guten leichten Sitz reiten kannst, ist das schon sehr viel, und man muss nicht alle Dressurlektionen auch im Trab reiten können. Du kommst also ziemlich lange ohne Aussitzen aus.
Wenn du es irgendwann versuchen willst, gehe so vor: Bleibe beim Antraben einfach für mehrere Tritte sitzen, vielleicht vier oder fünf. Fühle dich kurz in die Bewegung ein, dann

Übe das Aussitzen zuerst immer nur für wenige Trabtritte.

gehe zum Leichttraben über. Wenn das Pferd locker in einem langsamen Trabtempo geht, bleibe wieder für vier, fünf Tritte sitzen. Mehr sollte es anfangs nicht sein. Wenn du gleich versuchst, eine ganze Runde auszusitzen, wirst du dich wahrscheinlich verkrampfen und anfangen, mit den Beinen zu klammern – so wie Hanna, die Darstellerin von Mika. Das passiert automatisch, wenn der Sitz unsicher wird. Deshalb ist es besser, die Bewegung in kurzen Einheiten kennenzulernen.

Im Trab heben sich deine Gesäßknochen wieder abwechselnd rechts und links, sie tanzen quasi auf dem Pferderücken. Auch deine Knie und deine Fußgelenke federn locker nach unten in der Pferdebewegung mit.

Atme immer wieder in dein Zentrum und lass deinen unteren Rücken lang und weich werden. Du sitzt mit breitem Po und trabst stolz wie eine Königin aufrecht im Sattel. Dein Oberkörper fällt nicht vor oder zurück.

Eine Übung an der Longe für Gelenkige: Hebe beide Ellbogen und lege die Handflächen zwischen die Schulterblätter. Die Oberarme sollten fast senkrecht sein. Damit streckst du deine gesamte Vorderseite, und das Becken kann sich im Trab müheloser bewegen.

Runterfallen

Jedes Pferd kann mal einen unerwarteten Satz machen oder stolpern – und du rutscht oder fliegst aus dem Sattel. Wenn du im weichen Reitbahnsand landest, passiert zum Glück meist nichts. Unangenehm ist, wenn du auf harten Untergrund fällst. Früher galt: sofort wieder aufsteigen. Das war damals wichtig für Soldaten, für dich ist es das nicht. Bleibe erst mal sitzen und spüre in deinen Körper, ob alles in Ordnung ist. Wenn sich dein klopfendes Herz beruhigt hat, kannst du dich wieder in den Sattel wagen. Wenn du unsicher bist, lass dich führen. Sitzt der Schreck so tief, dass du in der Stunde nicht mehr aufsteigen willst, ist das auch in Ordnung. Rede mit deiner Reitlehrerin darüber. Sie könnte dir beim nächsten Mal ein besonders ruhiges Pferd geben und dich an die Longe nehmen. Es ist normal, dass man nach einem unguten Erlebnis auch mal Angst vor dem Pferd hat, auch wenn das kaum einer zugibt. Aber sorge dafür, dass diese Angst kein Dauerbegleiter wird. Reiten soll schließlich Spaß machen.

Und: Runterfallen gehört nicht zwangsläufig zum Reiten lernen dazu, wie manche behaupten.

Galopp kann sehr langsam, aber auch rasend schnell sein.

Fast wie fliegen: der Galopp

Der Galopp ist ein tolles Gefühl, eine große, gesprungene Schaukelbewegung. Er kann ganz langsam sein, sodass man fast nebenher laufen kann (wenn das Pferd weit ausgebildet ist) oder sehr schnell, wie etwa auf der Rennbahn. In der Reitbahn reitet man meist ein mittleres Tempo, den Arbeitsgalopp.
Manche fürchten sich etwas vor dem Galopp. Es gibt Schulpferde, die im Einzelgalopp losflitzen, um hinten schnell wieder Anschluss zu finden.
Galoppiere daher erst, wenn du dich im Sattel sicher fühlst. Im leichten Sitz kann eigentlich nichts passieren.
Wenn du dich einmal getraut hast, wirst du wahrscheinlich gar nicht mehr genug bekommen vom Galopp.
Am Anfang solltest du an der Longe auf einem Pferd reiten, das sicher und ruhig galoppiert. Trabe an und gehe in den leichten Sitz. Der Trab ist ein Zweitakt. Nun möchtest du in den Dreitakt des Galopps wechseln. Stelle dir vor, wie das Pferd anspringt: Pa-da-bam. Dazu gibst du ein Signal mit der Stimme, welches das Pferd kennt, z. B. „Galopp“ oder ein bestimmtes Schnalzen und titsche kurz mit beiden Unterschenkeln. Nun sollte das Pferd angaloppieren. Du bleibst im leichten Sitz und fühlst, wie du in den Knie- und Fußgelenken nach unten federst, das innere Bein etwas stärker als das äußere. Die Zügel darfst du lang lassen, mit nur leichtem Kontakt. Viele

So galoppierst du sicher im leichten Sitz.

Reiter machen den Fehler, im Trab und erst recht im Galopp die Zügel kürzer zu nehmen, weil sie (unbewusst) ein Davonstürmen fürchten. Dadurch blockiert man schnell jeden Vorwärtsdrang vom Pferd.

Du reitest ja ein sicheres Pferd und musst nichts befürchten. Dein Pferd darf im Galopp den Hals lang machen, den Rücken rund und mit den Hinterbeinen weit durchspringen. Na, fühlt sich das toll an? Es ist übrigens nicht schlimm, wenn das Pferd in den Trab zurückfällt. Schaue, dass es in ein ruhiges Tempo kommt und galoppiere wieder an, ohne Hektik.

Der Galopp im leichten Sitz ist für dich ein Klacks? Dann probiere ihn auszusitzen. Das ist leichter, als den Trab auszusitzen, aber trotzdem braucht man meist eine Weile, bevor man das Prinzip verstanden hat.

Du reitest wieder an der Longe, diesmal mit normal langen Bügeln. Bevor du die Hilfe zum Angaloppieren gibst, solltest du drei, vier Tritte aussitzen. Die richtige Galopphilfe geht so: Du legst den äußeren Schenkel aus der Hüfte heraus zurück. Dadurch ist nun automatisch dein innerer Gesäßknochen etwas weiter vorn. Mit dem äußeren Schenkel gibst du den Impuls zum Angaloppieren. Das ist

recht schwierig, daher ist es anfangs einfacher, wenn du auch das Stimmsignal gibst und der Longenführer eventuell (sanft!) mit der Peitsche unterstützt.
Wenn du den Galopp aussitzt, merkst du noch viel stärker die Wippbewegung des Pferdes. In einer Galoppphase neigt sich sein Körper nach vorn/unten, und nach dem tiefsten Punkt springt es quasi wieder bergauf. Diese Bewegung müssen deine Hüfte und dein Becken mitmachen. „Bergab“ wird deine gesamte Vorderseite ganz lang, wie ein Gummiband. Deine Hüfte öffnet sich, deine Beine ziehen nach unten. Dein innerer Sitzknochen gleitet vor, wie im Schritt. Beim „Bergauf“ schließt sich dein Hüftwinkel, dein Oberkörper ist wieder aufrecht oder leicht vorgeneigt. Lasse zu, dass deine untere Hälfte vom Pferd bewegt wird, mehr musst du nicht machen. Dein Po und deine Unterschenkel bleiben breit und weich. Es hilft, wenn du beim „Abwärts“ des Pferdes ausatmest.
An der Longe kannst du wieder abwechselnd den rechten oder linken Arm zum Himmel heben, das streckt automatisch deinen Oberkörper und lässt dich tief sitzen.
Wenn du irgendwann die Zügel in den Händen hältst, beugst du auch die Arme zusammen mit der Hüfte, so bleibst du in weichem Kontakt mit dem Pferdemaul.
Galoppiere anfangs nur wenige Sprünge und pariere dann wieder zum Trab durch. Erst wenn du beweglich genug bist, kannst du den ausgesessenen Galopp länger durchhalten.

Beim „Bergaufsprung“ ist die Reiterhüfte gebeugt, in der nächsten Sprungphase streckt sie sich.

Freiheit: das Ausreiten

Herzlichen Glückwunsch! Jetzt kannst du dich in allen drei Gangarten sicher im Sattel halten. Für das Ausreiten ist es nicht nötig, dass du den Trab und Galopp perfekt aussitzen kannst. Wichtig ist, dass du den leichten Sitz beherrschst.

Wahrscheinlich kannst du es gar nicht erwarten, das erste Mal hinaus in die Natur zu reiten. Es ist wunderbar, mit dem Pferd über Felder, Wiesen und durch Wälder zu streifen. Genieße die Sonne im Gesicht, lausche auf den gedämpften Hufschlag und das zufriedene Prusten deines Pferdes. Oder lass dir den Wind um die Ohren sausen bei einem flotten Galopp ... Wenn ihr gut trainiert seid, könnt ihr am Wochenende auch einen längeren Ritt mit Picknick oder Badepause planen.

Wie immer gilt: nichts überstürzen. Damit ihr sicher unterwegs seid und heil wieder ankommt, denkt an die folgenden Regeln:

- Reite nie allein aus, sondern am besten mit erfahrener, ruhiger Begleitung.
- Trage immer einen Reithelm, wenn möglich auch eine Sicherheitsweste.
- Handy nicht vergessen, falls du Hilfe rufen musst.
- Wenn du Glück hast, liegt dein Stall direkt an einem Ausreitgelände. Wenn nicht, suche Wege mit möglichst wenig Autoverkehr. Du kannst das Pferd auch das erste Stück führen, dann seid ihr beide schon gut aufgewärmt.
- In vielen Pferdefilmen reiten die Kinder Wettrennen mit Pferden. Das ist keine gute Idee, denn dabei geraten die Vierbeiner leicht ins Rasen. Galoppiert wird hintereinander, in gesittetem Tempo und nie Richtung Stall. Da können nämlich auch ruhige Pferde plötzlich ein ziemliches Tempo entwickeln.
- Achte darauf, in welcher Stimmung das Pferd ist, wenn ihr einen Ausritt plant: Ist es schreckhaft und voller Energie? Dann verschiebe den Ausritt lieber auf einen anderen Tag, auch wenn es schwerfällt. Sonst bringst du euch beide in Situationen, in denen ihr euch unwohl fühlt oder sogar Angst bekommt.
- Checke auch das Wetter: Bei Sturm oder frisch gefallenem Schnee wird dein Pferd sehr munter sein – nicht zu empfehlen für Anfänger!
- Reite auch nicht unbedingt am Wochenende in stark genutzte Spaziergebiete, dann habt ihr keine Freude. An Spaziergängern grundsätzlich mit genügend Abstand im Schritt vorbeireiten und freundlich grüßen.
- Vorsicht bei frei laufenden Hunden: Die meisten sind brav, aber manche schießen auch bellend auf die Pferde zu. Warne den Hundehalter: Ein Tritt von einem Pferd kann den Hund schwer verletzen!

Zusammen ausreiten ist sicherer und macht mehr Spaß.

Ihr habt also eure Pferde gesattelt und im Stall Bescheid gesagt, wie lange ihr unterwegs seid und welche Route ihr ungefähr reitet. Prima, dann kann es losgehen!

Wie immer wärmst du auch beim Ausreiten das Pferd erst einmal auf und reitest 20 Minuten Schritt. So werden seine Muskeln elastisch und die Gelenke gut geschmiert – beste Voraussetzungen, um lange gesund zu bleiben. Welche Wege könnt und dürft ihr reiten? Haben eure Pferde Hufschutz, z. B. Hufeisen oder Hufschuhe? Dann sind auch geschotterte

Wege kein Problem. Für unbeschlagene Pferde solltet ihr Wege suchen, die zumindest einen Grasstreifen haben.
Auf harten Böden wie Asphalt oder festem Schotter reitet ihr grundsätzlich Schritt. Getrabt und galoppiert wird nur auf Wiesen oder Feld- und Waldwegen. Ausnahme: Um Pferde auf lange Belastungen vorzubereiten, kann man auch immer wieder mal kurze Stücke kontrolliert auf hartem Boden traben. Das gilt aber eher für Profis.
Am Ende der Galoppstrecke sollte übrigens nicht gleich eine Straße kommen – wer weiß, ob dein Pferd sich wirklich immer sofort anhalten lässt.
In den Bundesländern ist es unterschiedlich geregelt, wo man reiten darf. In Bayern z. B. ist es auf allen geeigneten Wegen erlaubt, außer es ist ausdrücklich verboten. In Nordrhein-Westfalen ist das Reiten im Wald nur auf gekennzeichneten Wegen gestattet. Außerdem braucht man hier eine spezielle Marke, die man am Sattel oder Zaum befestigt. Erkundige dich vorher bei erfahrenen Reitern, was in deinem Bundesland gilt.
Selbstverständlich reitet man nicht quer über Felder (außer Stoppelfelder) oder durchs Unterholz.
Hast du bergiges Gelände in der Nähe, gewöhne das Pferd langsam an das Auf und Ab, das ist nämlich anstrengend, vor allem mit Reitergewicht. Beherzige am besten die alte Reiterregel:
„Bergab reit mich nicht,
Bergauf treib mich nicht."

Mit Hufschuhen kann dein Pferd auch über Schotter laufen.

Achte darauf, dass dein Pferd im Gelände gut vorwärtsgeht. Es muss nicht eilen, und viele Pferde sind vom Stall weg auch etwas „zäh". Bemühe dich aber, unterwegs durch richtiges Treiben in einen guten Schrittrhythmus zu finden. Mit mehr Training sollte das Pferd dann besser vorwärtsgehen.
Die Hauptgangart ist in der Anfangszeit der Schritt. Auch Langstreckenreiter trainieren ihre Pferde viel im Schritt, weil der die Gelenke schont und die Ausdauer stärkt. Auf geeigneten Strecken könnt ihr zwischendurch traben und galoppieren, das lockert die Muskeln.
Am Anfang reicht eine Runde von ca. 30 Minuten. Das könnt ihr langsam über mehrere Wochen steigern. Wenn ihr regelmäßig trai-

niert, sind später auch Ausritte von zwei bis drei Stunden kein Problem – aber bitte mit Pausen.

Im Gelände hältst du wie in der Reitbahn einen leichten Kontakt zum Pferdemaul. Du musst die Zügel weder kürzer fassen noch lässt du sie einfach baumeln.

Ist dein Pferd etwas aufgeregt, versuche es mit Zügel streichen wie auf S. 73 beschrieben. Manche Vierbeiner beruhigen sich auch, wenn sie ein längeres Stück getrabt sind.

Im Gelände kann es passieren, dass dein Pferd sich erschrickt, leichter als in der Reitbahn. Schließlich ist da draußen alles mögliche unterwegs: Spaziergänger, Hunde, Kinder, Autos, Lastwagen, Trecker ...

Deine Aufgabe: Behalte immer die Umgebung im Blick und versuche, schon im Voraus zu erkennen, ob etwas Furcht einflößend sein könnte. Dann wirst du nicht so leicht durch einen Hüpfer überrascht. Beginnt dein Pferd zu schauen und hebt wachsam den Kopf?

Mag dein Pferd Wasser? In manchen Seen dürfen auch Pferde baden.

Versuche herauszufinden, um was es geht. Starre aber nun nicht selbst mit angehaltenem Atem auf das „Ungeheuer“. Streife es vielmehr mit einem weichen Blick und atme ganz normal weiter (siehe auch S. 18). Meist beruhigt sich dein Pferd dann wieder, besonders wenn ein anderes vorausgeht.

Wird das Pferd aber so unruhig, dass du Angst bekommst, sage das deinem Mitreiter. Ihr könnt nun absteigen und die Pferde an der Gefahrenstelle vorbeiführen. Viele Pferde sind ruhiger, wenn der Mensch neben ihnen geht. Ist der Weg sehr eng oder führt an sehr lauten Maschinen vorbei, ist es überhaupt keine Schande, einen anderen Weg zu wählen. Eure Sicherheit geht vor.

Übrigens müsst ihr auch nicht immer einfach „nur“ geradeaus reiten. Im Gelände kann man prima kleine Gymnastiklektionen mit dem Pferd üben. Reite Schlangenlinien um Bäume herum, natürlich nur im Schritt, denn das Pferd muss auch noch auf den unebenen Untergrund achten. Denke daran, das Pferd mit dem äußeren Zügel in die Wendung zu führen, es biegt sich um deinen weichen inneren Schenkel, der leichte Impulse gibt.

Genauso kannst du auf einer Wiese ein paar Volten oder Achten reiten, um dein Pferd geschmeidig zu machen.

Reiten im hügeligen Gelände macht dein Pferd kräftig. Bergauf wölbt es automatisch den Rücken auf und streckt Hals und Nase nach vorn/unten. Neige dich im Sattel leicht vor, um den Pferderücken zu entlasten. Erklimme Hügel zuerst nur im Schritt. Wenn das Pferd fitter ist, kannst du es auch bergauf traben oder galoppieren lassen.

Kurven um Bäume herum reiten: Die rechte Hand weist den Weg („öffnet das Tor“).

Nach einigen ruhigen Übungsritten mit einem zuverlässigen Partner kannst du es dann wagen: den Galopp über eine Wiese oder einen breiten Waldweg. Spürst du den Wind, hörst du den trommelnden Hufschlag? Voran, weiter, immer weiter ...

Pariere am Ende der Galoppstrecke möglichst sanft durch. Na, kannst du noch aufhören zu grinsen? Auch dein Pferd wird sicher laut schnauben und mit der Welt zufrieden sein. Das ist (Reiter-)Glück!

Die Gerte ist bei der Boden- und Freiarbeit eine wichtige Hilfe.

Extra: Brauche ich Gerte, Sporen und Co.?

Manche lehnen alle Hilfsmittel rigoros ab, egal ob es um die Gerte, um Sporen oder Hilfszügel geht. Die seien unnatürliche Zwangsmittel und täten dem Pferd weh. Lass uns das genauer anschauen. Schon Halfter und Strick können Zwangsmittel sein, da du damit bestimmst, wohin das Pferd geht und es an einem Ort festbindest – was gegen seine Natur ist. Im Idealfall wurde dem Pferd aber in kleinen Schritten erklärt, wie es sich beim Führen und Anbinden verhalten soll. Dann sind Halfter und Strick praktische Hilfsmittel.

Ähnlich ist es mit der Gerte. Sie dient als verlängerter Arm. Mit ihr können wir auf bestimmte Körperstellen des Pferdes deuten oder es leicht antippen, damit es weiß, was gemeint ist. Aber auch hier ist es ganz wichtig, dass dem Pferd geduldig erklärt wird, wofür die Gerte da ist. Es soll keine

Angst vor ihr haben! Du musst üben, die Gerte ganz fein und dosiert einzusetzen, die Stufen reichen vom Zeigen über das Anlegen der Gerte bis zum leichten Tippen. Klar, dass man das als Anfänger auf dem Pferd noch nicht kann, weil man dafür die Hände ruhig halten muss. Eine Gerte ist also etwas für Fortgeschrittene.

Gewöhne dir an, die Gerte als feinen Zauberstab zu betrachten. Sonst gerätst du unter Stress vielleicht doch mal in die Versuchung, damit zuzuhauen – das sieht man nicht selten auf Turnieren. Damit wird die Gerte für das Pferd schnell zu etwas Unangenehmem.

Auch Sporen werden oft missbraucht. Auf vielen Reit- und Turnierplätzen sieht man Pferde mit aufgerautem Fell oder sogar blutigen Stellen, weil die Reiter unbeherrscht mit den Sporen drücken und stechen – selbst in den höchsten Klassen. Das ist klar abzulehnen und ein Fall für den Tierschutz. Sporen sind auch überhaupt nicht für Anfänger geeignet, weil man dafür die Beine ganz ruhig halten muss, was noch schwieriger ist als die Hände. Verantwortungsvolle Reiter setzen die Sporen nur ab und an und gezielt ein, um die Pferde noch feiner auf Hilfen abzustimmen. Man kann aber auch sehr gut komplett ohne Sporen reiten, so wie Mika und viele Freizeitreiter es tun. Letztlich kommt es immer darauf an, wie man etwas einsetzt. Ein „pferdefreundliches“ Knotenhalfter kann dem Pferd sehr wehtun, wenn man fest daran zieht. Genauso wird das Pferd verzweifelt den Kopf hochreißen, wenn man im Bitless Bridle oder der Wassertrense hängt.

Hilfszügel sind dagegen tatsächlich überflüssig. Mit ihnen will man den Kopf des Pferdes in eine Position bringen, die es von sich aus nicht anbietet. Stell dir vor, man würde deinen Kopf in einer bestimmten Position

Nur wenn der Reiter sein Bein ganz ruhig halten kann, darf er mit Sporen reiten.

festbinden, und du könntest ihn für eine Stunde oder länger nicht nach oben strecken. Nicht sehr angenehm, oder? Wahrscheinlich würdest du dich mit der Zeit verkrampfen; nicht anders geht es dem Pferd.

Eng geschnallte Ausbinder oder Schlaufzügel sind in jedem Fall abzulehnen. Manche Spring- oder Geländereiter sagen, ohne Martingal ginge es nicht, da die Pferde sonst unkontrolliert den Kopf hochreißen würden. Allerdings darf man ruhig fragen, warum die Pferde das tun. Vielleicht ginge es mit mehr Zeit in der Ausbildung auch ohne? Es gibt nämlich durchaus Reiter, die das alles nicht brauchen. Vielleicht, weil sie ihre Pferde besser trainieren?

Auch zum Longieren braucht man keinerlei Hilfszügel, es gibt heute sehr gute und kleinschrittige Erklärungen, wie man das Pferd in gesunder Dehnung und Biegung nur mit Kappzaum longiert.

Hilfszügel zwingen den Pferdekopf in eine bestimmte Position.

Tipps zum Weiterlesen

Die folgenden Bücher sind für Erwachsene geschrieben. Du wirst nicht alles verstehen, auch sind manche Erklärungen sehr lang. Aber du musst ja nicht jeden Abschnitt lesen. Und es gibt viele gute Fotos und Illustrationen!

Joni Bentley: *Reiten ohne Stress und Angst*, Cadmos
Peggy Cummings: *Connected Riding*, Kosmos
Heather Moffet: *Besser reiten mit Gefühl*, Müller Rüschlikon
Katharina Möller: *Longieren als Dialog*, Cadmos
Corinna Lehmann: *Bausteine Dressurreiten*, Müller Rüschlikon
Sally Swift: *Reiten aus der Körpermitte*, Müller Rüschlikon
Sharon Wilsie & Gretchen Vogel: *Sprachkurs Pferd*, Kosmos

Empfehlenswerte Webseiten:
www.wege-zum-pferd.de
www.pferdewissen.ch
www.herzenspferd.de
www.pferdefluesterei.de

Stichwortverzeichnis

Bildnachweis

Umschlag

Artwork mit freundlicher Genehmigung von SamFilm GmbH und Alias Entertainment GmbH
Fotos: Tom Trambow

Innenteil

Alle Fotos stammen von Tom Trambow, mit Ausnahme von:
S. 10, 12, 13, 14, 15, 18, 19, 20, 27, 28, 29, 46, 47, 51, 57, 58, 60, 61, 64, 65, 66, 71, 73 (oben), 74, 79, 83, 85, 97, 98 (Namay Dolphin)
S. 30, 34, 37, 39, 41, 43, 45, 49, 55, 67, 69, 72, 73 (unten), 75, 76, 77, 78, 81, 86, 87, 88, 89, 91, 94, 95, 99, 100 (Sabine Stuewer)
S. 38, 42, 54, 59 (Almut Schmidt)
S. 48 (Horst Streitferdt), S. 50 (Phillip Weingand), S. 84 (Karen Diehn), S. 90 (Daniela Bolze)
Die Schemazeichnungen auf S. 31, 62, 63, 75, 79, 80, 83 stammen von Irmtraud Guhe.

Dieses Buch ist auch als E-Book erhältlich.

FSC www.fsc.org MIX Papier aus verantwortungsvollen Quellen FSC® C106600

Verlagsgruppe Random House FSC® N001967

1. Auflage 2018

Geschrieben von Almut Schmidt.
Umschlagfotos und Artwork: s. Bildnachweis S. 103
Umschlaggestaltung: semper smile, München
Fotos Innenteil: s. Bildnachweis S. 103
Bildredaktion: Almut Schmidt
TP · Herstellung: AJ
Satz und Innengestaltung: Almut Jegodtka
Reproduktion: Lorenz & Zeller, Inning a. A.
Druck: DZS Grafik
ISBN 978-3-570-17605-4
Printed in Slovenia

www.cbj-verlag.de